Gesiebte Luft

Wolfgang Glauche

Gesiebte Luft

oder

Mehmed Demirci

© 2004 Wolfgang Glauche
Herstellung und Verlag: Books on Demand GmbH, Norderstedt
ISBN 3-8334-1135-X

Er hieß Mehmed Demirci, war 27 Jahre alt und begrüßte Karsten, als der ihn von der Hauskammer[1] abholte mit: „Grüß Gott".

Er war irgendwo in Süddeutschland aufgewachsen, in der Heimatstadt seiner Mutter. Wie sein Vater hatte auch er die türkische Staatsangehörigkeit. So ging es jedenfalls aus dem A-Bogen[2] hervor, den das Hausbüro[3] bereits zur Station geschickt hatte. Er war nicht freiwillig hier. Ein Gericht hatte ihm für einen Raubüberfall zwei Jahre Gefängnis bewilligt.

Als Karsten zur Hauskammer kam, stand Demirci dort inmitten einer Gruppe von Neuankömmlingen, denen der Hauskammerbeamte, im Jargon „Kammerbulle" genannt, gerade den Ablauf im Haus erklärte. Die Neuen erhielten dann Matratzen, Anstaltskleidung, Handtücher, Wäsche und Geschirr. Das alles mußten sie nun zur Station in ihre Zelle transportieren, die für längere Zeit ihr Zuhause sein würde. Wie oft jeder Gefangene diesen Weg zu machen hatte, hing davon ab, wie geschickt er sich dabei anstellte. Der Stationsbeamte mußte jedesmal mitgehen und den Gefangenen von der Hauskammer zur Station und umgekehrt durch alle Stationstüren durchschließen. Manch einer schaffte gleich alles mit einem Mal weg. Karsten machte mit Demirci den Weg vier Mal, dann war endlich der ganze Kram in der Zelle. Der Geruch der Hauskammer nach Staub und Desinfektionsmitteln, der den Sachen anhaftete, füllte langsam den Raum und reizte zum Niesen. Karsten deutete auf das Gitterfenster und meinte:

„Es scheint mir sinnvoll, wenn Sie Ihren Schuppen lüften!"

Als der Beamte dann ging, stand der Gefangene noch immer regungslos mitten im Raum und machte keinerlei Anstalten sich einzurichten.

Obwohl die Zelle den ganzen Tag offen blieb, ließ der Neuankömmling sich nicht blicken. Er holte sich noch nicht einmal sein Mittagessen. Er fragte nicht einmal danach. Der Kalfaktor[4] brachte es ihm schließlich, weil er Feierabend machen wollte und weil der Stationsbeamte ihn damit beauftragt hatte. Ansonsten hätte er das Essen wohl weggeworfen.

Kurz vor Dienstende machte Karsten die letzte Stationsrunde und sah auch bei Demirci vorbei. Der saß auf dem Bett, auf der noch nicht bezogenen Matratze und starrte abwesend vor sich hin. Die Kartons und die blauen Säcke, auch Türken-Koffer genannt, mit den Sachen aus der Hauskammer lagen unberührt auf dem Fußboden.

Als der Beamte ihn ansprach und wissen wollte wie er klarkommt, schreckte er hoch, sprang auf und meinte:

„Ich fange gleich an auszupacken, Meister[5]!"

„Von mir aus können Sie sich Zeit lassen", antwortete Karsten achselzuckend, „ ich will nur sehen ob alles in Ordnung geht, bevor ich die Station dichtmache. Wenn Sie noch Fragen haben, müssen Sie sich nachher an den Beamten vom Spätdienst wenden."

Als sich der Schlüssel schon im Schloß drehte, rief Demirci dem Beamten noch nach:

„Schönen Feierabend !"

Es waren bestimmt schon zwei Wochen vergangen, gesprächiger wurde Demirci aber nicht. Auch von den anderen Gefangenen hielt er sich zurück. Nur wenn es gar nicht anders ging, sprach er einen Beamten mal an. Er saß wie ein Eremit nur in seiner Zelle. Er ging weder zum Fernsehen, noch zum Sport oder zu den sonst täglich stattfindenden Veranstaltungen. Irgendwann hatte er dann doch Kontakt zu zwei anderen Gefangenen gefunden. Mit denen saß er dann meist in seiner Zelle herum, nur selten besuchte er die beiden anderen. War ein Beamter in die Nähe der Zelle oder kam gar herein, herrschte sofort tiefes Schweigen.

Es war einige Tage später. Karsten stand auf der Galerie[6] des 2`er Ringes vor dem Beamtenraum und beobachtete das Treiben auf der Stationstreppe und in den unteren Stationen. Das Einrücken der Gefangenen von der Arbeit[7] war gerade in vollem Gange. Pulkweise kamen sie ins Haus. Der Stimmenlärm schwoll immer mehr an. Dazwischen schepperten die Essenkübel, die von den Kalfaktoren auf den Essenwagen mit viel Geschrei durch die Gänge von Zelle zu Zelle gezerrt wurden. Dann sah er Demirci mit einem von dessen neuen Freunde eilig die Treppe hochkommen. Sie gingen jedoch nicht wie sonst üblich zu Demircis Zelle, sondern bogen links ab und blieben vor der 237 stehen. Demirci klopfte und stand dabei vorgebeugt ganz dicht an der Tür. Karsten sah wie sich seine Lippen bewegten, konnte aber bei dem Krach und weil er zu weit weg war nichts verstehen. Die Tür ging auf, die beiden huschten hinein und zogen die Tür gleich wieder hinter sich zu. Nach ein paar Minuten kam Demirci allein heraus, schaute sich kurz um und lief eilig zu seiner Zelle. Bald danach verließ auch sein Freund die 237 und lief immer zwei Stufen auf einmal nehmend zum 4`er Ring hoch und verschwand dort in der Spülzelle.[8]

Mittlerweilen waren alle Gefangenen im Haus. Die Essenausgabe war auf allen Stationen in vollem Gange. Die Geräuschkulisse war jetzt wie in einer großen Fabrikhalle. Die Essenkübel klapperten beim Auf - und Zumachen. Dann polterten wieder die Räder der Essenwagen. Die Eisentreppen dröhnten unter den Schritten der Gefangenen, wenn sie eilig herunter oder hinauf polterten. Dazu kamen dann noch die lauten Zurufe und das Geschrei in den verschiedensten Sprachen. Alle waren in Eile und in Hektik, denn während des Einrückens und der Essenausgabe waren alle Türen auf den Stationen offen. Auch die Gittertüren im Stern[9] zu den anderen Flügeln waren zur Essenverteilung weit geöffnet. Jetzt war die Zeit, um Geschäfte abzuwikkeln. Die Beamten störten dabei nicht, denn die hatten nun andere Aufgaben zu erledigen. Sie mußten die Essenausgabe überwachen und die Post ausgeben. Die Wachttürme an der Außenmauer mußten auch von den Stationsbeamten besetzt werden. Im Haus liefen jetzt 300 Gefangene umher und bestenfalls acht Beamte sollten darauf achten, daß alles in geordneten Bahnen lief.

Vor der Tür von Karstens Dienstzimmer stand schon eine große Traube von Insassen, die auf ihn, besser gesagt auf die von ihm mitgebrachte Post, warteten.

Die meisten zogen aber enttäuscht wieder ab. Für sie war nichts dabei. Ein Brief blieb jedoch noch übrig. Er war für einen von Demircis neuen Freunden, der aber heute nicht, wie an anderen Tagen, unter den Wartenden war.

Weil Karsten noch etwas an der Zentrale[10] zu erledigen hatte, und weil er auf dem Weg dorthin an dieser Zelle vorbei mußte, steckte er den Brief ein, um ihn noch vor dem Mittagseinschluß[11] dem Gefangenen zu geben.

Als er dort ankam, ließ sich die Zellentür aber nicht aufziehen, obwohl sie nicht verschlossen war. An den Geräuschen aus der Zelle merkte er, daß jemand drin war. Sie war von innen fest zugehakt. Als Karsten heftig an der Tür rüttelte und rief:

„Los, mach die Tür auf!", klapperte und polterte es hinter der Tür und die Toilettenspülung wurde betätigt. Mit einem energischen Ruck gelang es dem Beamten schließlich, die Tür aufzureißen. Demirci und seine beiden Kumpel hockten in der Zelle. Der „Zelleninhaber" lag bis an den Hals zugedeckt im Bett. Demirci und der dritte Knacki saßen barfuß und in Unterhosen am Tisch.

„Ich habe hier Post für Sie!" sagte Karsten zu dem „Hausherrn".

Er sah sich dabei befremdet um und legte den Brief auf den Tisch. Und fuhr dann fort:

„Sportsfreunde, ihr wißt doch, daß ihr zum Zuhaken[12] der Türen höchstens eine dünne Schnur, aber keine Ketten und Metallhaken benutzen dürft. Oder wollt ihr Ärger bekommen?"

„Machen wir nicht wieder", wurde ihm umgehend eifrig versichert.

Karsten war schon fast aus der Zelle heraus, da bemerkte er ein paar eckige Papierstücken auf dem Fußboden. Er bückte sich und hob sie, mißtrauisch geworden, auf. Die Gefangenen wurden sichtlich nervös.

Es waren insgesamt sechs exakt gefaltete kleine Briefchen. [13]Karsten versuchte eines vorsichtig zu öffnen. Als er einen Falz an einer Ecke leicht hochzog, rieselten ihm ein paar bräunliche Krümel in die Hand. Das konnte gut und gern Heroin sein, schoß es ihm durch den Kopf.

„So Herrschaften, zieht euch etwas über", forderte er die Gefangenen deshalb kurz entschlossen auf:

„Ihr kommt gleich mit. Euer Partyraum wird jetzt erst einmal gründlich gefilzt."

„Wieso denn das, wir haben doch nichts gemacht?!" Demirci und seine Freunde waren die reinste Unschuld und wußten von gar nichts.

Karsten ließ sich aber nicht beirren. Diese Sprüche und Ausreden waren tägliche Routine. Er meinte daher:

„Lamentiert nicht herum. Ihr wollt mir doch nicht erzählen, daß euch dieses Zeug zugeflogen ist. Das was ich hier in der Hand habe, sieht mir ganz stark nach Gift aus. Eure Geschichten könnt ihr meinetwegen dem Gruppengummi[14] oder dem Pfaffen erzählen, aber nicht mir. Wenn ihr Faxen machen wollt, müßt ihr das nur sagen, dann löse ich Alarm aus und ihr fliegt in den Bunker. Liegt alles bei euch."

Widerstrebend und murrend streiften sich die drei Gefangenen ihre T-Shirts und Jogginghosen über, nachdem Karsten diese kontrolliert und die Taschen durchsucht hatte. Dann schloß er sie im Fernsehraum ein.

Bei der nachfolgenden Durchsuchung wurden noch etliche dieser Briefchen gefunden und mehrere hundert Mark Bargeld.

Die Analyse des bräunlichen Pulvers bestätigte Karstens anfängliche Vermutung. Es war Heroin.

Die drei Gefangenen stritten natürlich vehement ab, die Eigentümer der Briefchen zu sein. Sie konnten sich auch partout nicht erklären wie das Zeug in die Zelle gekommen sein könnte. Sie meinten, das hätte ihnen bestimmt ein böser Unbekannter untergeschoben.

Nach diesem Vorfall versuchte Karsten mit Demirci ins Gespräch zu kommen. Der ging ihm aber aus dem Weg, soweit das in einem Gefängnis möglich ist. Karsten war dabei aufgefallen, daß Demirci von seinen beiden Kumpels fast gar nicht mehr besucht wurde. Auch in seiner Zelle hielt er sich kaum noch auf. Dafür war er ständig auf der Station unterwegs. Während des Versorgungsaufschlusses[15] trieb er sich in der gesamten Teilanstalt herum und versuchte auch manchmal mit den Kalfaktoren das Haus zu verlassen, wenn die zur Anstaltsküche oder zur Wäschekammer gingen. Wenn man etwas von ihm wollte, mußte man ihn immer erst suchen. Als Karsten einen Kalfaktor nach Demirci fragte, ob der wisse, wo Demirci gerade sei, antwortete der ihm vielsagend grinsend:

„Mal hier, mal da!"

„Wie soll ich denn das verstehen?" wollte Karsten wissen.

„Na Meister, wollen Sei mir etwa einreden, daß Sie noch nicht mitbekommen haben, daß der jetzt Stricher ist. Der ist doch noch jung und knackig. Da gibt es hier ne Menge Leute, die ihm gern mal einen verpassen oder sich von ihm einen blasen lassen wollen .... Gegen Bezahlung, versteht sich!"

Karsten war echt platt. Daß Demirci, wie viele andere im Knast auch, sich Heroin rein tat konnte er sich gut vorstellen. Daß er aber jetzt als Stricher ging, war ihm völlig neu. Er wollte es nicht glauben und fragte ungläubig nochmals nach:

„Der mimt wirklich die Tunte?"

„Und wie! Jetzt muß er ja mal richtig Leistung zeigen", fuhr sein Informant fort. „Der Stoff und die Kohle, die neulich bei der Filze flöten gegangen sind, waren nicht seine. Den entstandenen Geschäftsverlust muß er jetzt seinem Spezi ersetzen. Das Zeug sollte er nämlich verticken. Statt bis zum Einschluß zu warten, hat dieser Blödmann den Container[16] schon vorher aus dem Arsch geholt, um vor seinen Kumpels anzugeben. Dafür hat er jetzt die Quittung. So läuft das Geschäft eben: Großer Gewinn und großes Risiko - große Dummheit und große Schulden. Jetzt hat er anzutanzen, wenn ein knackiger Arsch, eine weiche Lippe oder ein paar flinke Finger gewünscht werden. Und das solange, bis die letzte Mark abgearbeitet ist. Sonst gibt's Saures bis zum Abwinken."

Jetzt verstand Karsten was lief. Hier im Knast waren die Spielregeln eisern. Schulden wurden erbarmungslos eingetrieben. Der Inkassodienst[17] hatte schlagende und eindeutige Argumente. Für Demirci waren wirklich harte Zeiten angebrochen. Er steckte bis zum Hals in bösen Schwierigkeiten und das schon nach den wenigen Wochen die er hier war.

Am nächsten Tag ging Demirci nicht zur Arbeit. Er wäre krank, könne deswegen nicht arbeiten und wolle unter Verschluß bleiben, um später zum Arzt gehen zu können, hatte er dem Beamten vom Frühdienst beim Aufschluß um 6.30 Uhr erklärt. Als der das genauer wissen wollte, erklärte er dem mit Leichenbittermiene:

„Ich habe hundsgemeine Bauchschmerzen. Mir ist sauschlecht."

Der Beamte vom Frühdienst schloß ihn also als Nichtarbeiter wieder ein. Der Fall war für ihn damit erledigt.

Als Karsten um 14.00 Uhr zum Spätdienst kam, hatte

Demirci noch immer nicht den Arzt aufgesucht. Karstens Kollegen hatte er gebeten, ihn weiter einzuschließen.

Beim Schichtwechsel erzählte dieser, daß am Vormittag mehrmals Knackis von anderen Stationen vor Demircis Zelle aufgetaucht waren und dort geklopft hatten. Er hatte auch ein paar Gesprächsfetzen aufgeschnappt, die ihn darauf schließen ließen, daß es sich nicht um Höflichkeitsbesuche handelte.

Von - wir kommen wieder - war die Rede und davon, daß man ihn schon kriegen würde und daß man ihn dann platt machen würde.

Demirci stellte sich tot und gab kein Lebenszeichen von sich. Auch während der Essenausgabe war er auf eigenen Wunsch unter Verschluß. Auf sein Mittagessen hatte er auch verzichtet. Er war völlig abgetaucht.

Um 15.00 Uhr war allgemeiner Aufschluß. Karsten machte seine Runde und schloß alle Zellen auf. Überraschender Weise stand Demirci schon hinter der Tür und sauste gleich los, ohne ein Wort zu sagen, kaum daß die Tür auf war.

Karsten war erst verdutzt, vermutete dann aber, daß er wohl jetzt doch noch zur Arztsprechstunde gehen würde.

Zur Nachmittagszählung um 17.00 Uhr vergewisserte sich Karsten, daß jeder Gefangene in der richtigen Zelle und die Station vollzählig war, bevor er jede Tür zweimal[18] verschloß . Als er zu Demircis Zelle kam, sah er die Bescherung. Er fand ihn in sich zusammengesunken, vor seinem Bett hockend, mit dem Kopf auf der Matratze. Das Bett war blutverschmiert. Er hatte sich wohl auch übergeben, denn ein atemberaubender säuerlicher Geruch hing in der stickigen Luft.

Karsten lief zu ihm hin und rief ihn an:

„Mann, was ist denn hier passiert?"

Demirci hob den Kopf und sah wie abwesend zu ihm hoch. Die Augen waren zugeschwollen. Im Gesicht und am Kopf hatte er mehrere blutende Platzwunden. Sprechen konnte er wohl nicht, denn er lallte nur irgend etwas Unverständliches vor sich hin.

Karsten half ihm, sich aufs Bett zu legen. Die Sanitäter, die er hastig über Funk alarmiert hatte, kamen angerannt, zusammen mit dem Arzt. Der untersuchte ihn kurz, vermutete eine Gehirnerschütterung und ordnete die sofortige Überstellung mit der Feuerwehr in ein öffentliches Krankenhaus an.

Zusammen mit einem weiteren Beamten sollte Karsten mitfahren und ihn bewachen. Dazu mußte er schnellstens zur Geschäftsstelle[19], um die Transportpapiere zu holen und dann zur Pforte zur Waffenausgabe[20]. Seine Station mußte der Beamte von der Nachbarstation übernehmen.

Der Beamte, der ihn begleiten sollte, war auch schon dort und machte gerade Anstalten, die Dienstpistole zu laden. Er stand mit Schweißperlen auf der Stirn in der Ladeecke, hielt die Pistole mit steifen Armen weit von sich gestreckt über die Sandkiste, schob mit zittrigen Fingern das Magazin ein und lud dann durch. Karsten hoffte inständig, als er die ungelenken Bewegungen sah und die große Unsicherheit, daß sein Kollege nicht in seinem Beisein schießen müßte.

Neben der Pistole mußte auch noch ein Funkgerät

mitgenommen werden, ein Gerät, so groß wie eine 500 g Kaffeepackung von Tchibo.

Dann kam der Rettungswagen auch schon wieder von der Teilanstalt zurück zum Tor. Demirci lag bereits auf einer Trage im Fahrzeug. Karsten und sein Kollege stiegen in der Fahrzeugschleuse[21] zu.

Mit Blaulicht und Sirene ging es dann zum nächstgelegenen Krankenhaus. Demirci hatte seine Sprachlosigkeit etwas überwunden. Während der Fahrt versuchte er zu erklären, was passiert war und redete auf Karsten ein:

„Meister, ich bin ausgerutscht und hingefallen. Das müssen Sie mir glauben. Mich hat keiner verprügelt. Da hat kein anderer was mit zu tun. Bestimmt nicht!"

„Jetzt fahren wir erst mal ins Krankenhaus, da werden Sie verarztet und dann sehen wir weiter", versuchte Karsten ihn zu beschwichtigen. Daß das kein Unfall war, war ihm völlig klar, aber was sollte er mit Demirci darüber diskutieren.

Der Rettungswagen fuhr zur Rampe der Notaufnahme. Dort war gerade der Teufel los. Die Krankenwagen standen Schlange und es kamen immer noch mehr. Es waren alles Unfallopfer, die sie brachten. Auf der nahen Autobahn war ein Reisebus umgestürzt.

Ärzte, Schwestern und Pfleger hatten alle Hände voll zu tun. Demirci wurde in den Vorraum der Notaufnahme gefahren. In dem ganzen Trubel lag er mit Handschellen gefesselt auf seiner Trage und die Beamten, die ihn bewachen sollten, standen genauso hilflos daneben und waren im Wege wie er.

Karsten und sein Kollege atmeten erleichtert auf, als sie mit ihrem Schutzbefohlenen endlich an der Reihe waren und Demirci zum vorsorglichen Röntgen geholt wurde. Es zeigte sich, daß er weder innere Verletzungen noch Knochenbrüche hatte. Die Platzwunden mußten allerdings genäht werden.

Die Schwestern lösten den durchgebluteten Verband und eine besonders tiefe Platzwunde auf dem Kopf begann sofort wieder stark zu bluten. Das Blut spritzte rhythmisch mehrere Zentimeter hoch. Trotz ständigen Tupfens und Wischens bildete sich auf dem Behandlungstisch schnell eine ansehnliche Blutlache.

Demirci meinte, sich betont locker gebend:

„Übrigens..., ich bin Positiv!"

Karsten und sein Kollege zuckten unwillkürlich zusammen. Die Ärzte und Schwestern zeigten jedoch keinerlei Reaktion.

Demircis Kopfwunde wurde mit acht Stichen genäht.

Karsten hatte sich gewundert, daß sich ein halbes Dutzend Ärzte um Demirci bemühten. Es stellte sich dann aber heraus, daß nur einer davon der Chirurg war. Die anderen waren Ärzte im Praktikum. Der Bereitschaftsarzt machte drei Stiche. Danach ging die Nadel von Hand zu Hand und jeder der angehenden Ärzte durfte selbständig einen Stich machen.

Beim Festziehen der Fäden knarrte es wie beim Nähen einer alten Aktentasche. Dieses Geräusch ging den beiden Beamten durch und durch. Während der gesamten Prozedur gab Demirci keinen Ton von sich. Ihm war aber die Erleichterung anzusehen, als es endlich vorbei war. Er wurde verbunden und aus dem OP geschoben.

Die Beamten mußten nun zusehen, wie sie mit dem Gefangenen wieder aus dem Krankenhaus wegkamen.

Feuerwehr und Rotes Kreuz waren nicht zuständig, denn es lag kein Notfall mehr vor.

Über Funk versuchten sie die JVA zu verständigen. Das gelang aber nicht. Das betagte Funkgerät war den Herausforderungen einer Großstadt nicht mehr gewachsen. Karsten ging deshalb zur Anmeldung und sagte telefonisch in der Anstalt Bescheid, daß man sie wieder abholen solle. Wie er dabei erfuhr, sollte Demirci aber nicht wieder in die Anstalt zurück gebracht werden, sondern ins Haftkrankenhaus.

Das Fahrzeug der Fahrbereitschaft, das sie abholen sollte, ließ auf sich warten. Die Besuchszeit im Krankenhaus lief inzwischen auf vollen Touren. Sie saßen in der Eingangshalle, Demirci lag in Handschellen auf seiner Trage vor ihnen, und harrten der Dinge die da kommen sollten.

Der andere Beamte, Herbert mit Namen, kam aus dem Haus V. Karsten kannte ihn flüchtig. Sie hatten früher kurze Zeit zusammen Dienst gemacht. Die Unterhaltung, die langsam in Gang kam, drehte sich um die Vorgänge in der Anstalt.

Sie sprachen über die große Zahl von Dauerkranken und über die sich häufenden Frühpensionierungen - ein schier unerschöpfliches und aktuelles Thema. Kam das Gespräch darauf, stellte man immer wieder fest, daß sich absolut nichts änderte — jedenfalls nicht zum Besseren. Die Bediensteten waren stets die Prügelknaben.

Da wurden die Beamten aufgefordert, sich strikt an die Vorschriften zu halten. Taten sie dies und die Gefangenen beschwerten sich, hieß es, sie müßten mehr Fingerspitzengefühl zeigen.

Der Beamte aus Haus V erzählte, daß er bei einer Kontrolle aus der Zelle eines Gefangenen eine Eisensäge herausgenommen hatte, die er dort gefunden hatte. Der Gefangene beschwerte sich daraufhin und gab an, er habe schließlich eine Bastelgenehmigung vom Anstaltsleiter erhalten.

„Was meinst du, was daraufhin passierte?" griente er.

„Na, der Gefangene durfte die Säge behalten. Ist doch klar!", vermutete Karsten

„Richtig!", bestätigte Herbert. „Außerdem mußte ich mir noch sagen lassen, daß ich künftig nicht so übereifrig und intolerant sein soll."

Karsten lehnte sich auf seinem Stuhl zurück und meinte augenzwinkernd:

„Das Leben hinter Gittern soll dem Leben außerhalb der Mauern eben so weit wie möglich angepaßt werden. Und da draußen fast jeder sein eigener Heimwerker ist, strebt man für den Knast das Gleiche an."

Während sie sich noch weiter über die Zukunftsperspektiven im Knast unterhielten, kam endlich ihr VW-Bulli. Der Fahrer eröffnete ihnen gleich beim Einsteigen, daß er sie nur zum Vollzugskrankenhaus hinfahren könne, um sie dort mit dem Gefangenen abzusetzen, weil er sofort weiter müsse. Wie es sich aber herausstellte, hatte er keinen weiteren Fahrauftrag sondern Feierabend.

Im Haftkrankenhaus angekommen, übergaben sie den Gefangenen an die Krankenpfleger. Jetzt mußten Sie zusehen, wie sie wieder zurück in die Anstalt kamen.

Eine Taxe hätten sie aus eigener Tasche bezahlen müssen, also fuhren sie mit Bus und U-Bahn. Auf einen nachträglichen Dienstfahrschein bestand immerhin Hoffnung.

In dem kleidsamen grauen Dienstanzug der Justiz, der dem Outfit eines stadtbekannten Beerdigungsinstitutes zum verwechseln ähnlich sieht, mit Handfesseln, Fuß-fesseln und Funkgerät am Gürtel, dazu mit einer Pistole bewaffnet, glaubte manch ein Passant bestimmt, daß sie zum Maskenball wollten.

Im Bus meinte auch prompt jemand:

„Jetzt sind selbst die Schaffner schon bewaffnet!"

Den beiden Beamten fiel ein Stein vom Herzen, als sie wieder in der Anstalt waren und dieses mißtrauische Be-gafftwerden endlich überstanden war.

Von Demirci hörte Karsten längere Zeit nichts. Der blieb vorerst in einer anderen Anstalt. Dann hieß es, daß er überhaupt nicht mehr zurückverlegt werden solle. Kar-sten staunte daher nicht schlecht, als Demirci eines Tages plötzlich wieder vor ihm stand. Er war sehr blaß und hielt sich in der Folgezeit noch mehr von anderen Gefangenen fern als am Anfang. Nur mit Kara sah Karsten ihn jetzt häufig.

Kara war der älteste türkische Insasse auf der Station und der Patriarch seiner Landsleute. Sein Wort hatte bei ihnen enormes Gewicht und galt den meisten als Gesetz. War auf der Station etwas zu regeln, war es immer gut, vorher mit ihm zu sprechen. Sein Einfluß bei den türki-schen Gefangenen konnte mögliche Probleme schon im Vorfeld verhindern, mindestens aber eingrenzen. Ge-rüchte wollten wissen, daß er seine fünf Jahre für seinen Sohn absaß. Er habe, so wurde gemunkelt, dessen Drogenhandel auf seine Kappe genommen, um die Familie zusammenzuhalten.

Kara saß manchmal bis zum Nachtverschluß bei Demirci. Er war sich seiner Stellung bei seinen Landsleuten bewußt und zeigte das auch. Von den Beamten wurde er akzeptiert und war als Kalfaktor der Station unverzichtbar. Wenn es sich ergab, kam er auch mal zu einem Schwätzchen in den Beamtenraum. Meist wollte er dabei auch gleich irgendwelche Anliegen loswerden.

Eines Abends im Spätdienst lief im Fernsehen ein Europapokalspiel mit türkischer Beteiligung. Solche Anlässe waren regelrechte Straßenfeger, denn das wollten sich fast alle Gefangenen der Station ansehen. Wer keinen eigenen Fernseher hatte, saß entweder bei einem Knastkumpel, der einen hatte, mit in der Zelle oder im Fernsehraum.

Die Gänge auf der Station waren gespenstisch leer. Eine wohltuende Ruhe war eingekehrt, die nur ab und an durch laute Kommentare zum Spielverlauf unterbrochen wurde.

Karsten hatte sich einen Kaffee gemacht und wollte gemütlich sein mitgebrachtes Buch lesen. Gerade als er sich hingesetzt hatte, bekam er Besuch von Kara.

„Was denn! Nicht beim Fußballspiel?" fragte Karsten ernsthaft überrascht. „Sie lassen doch sonst kein Spiel aus."

„Stimmt schon. Aber ich möchte was mit Ihnen besprechen. Und weil alle beim Fußball sind, dachte ich, jetzt wäre es am günstigsten. ... Sind aber nicht meine Probleme. Demirci hat welche. Aber der traut sich nicht selber her."

Karsten schob ihm einen Stuhl hin und nahm eine zweite Tasse aus dem Schrank.

„Um was geht's denn?" wollte er wissen, während er für Kara Kaffee eingoß.

Kara schlürfte genüßlich einen Schluck Kaffee bevor er anfing:

„Ich war ja in letzter Zeit oft mit dem Mehmed zusammen. Das ist der von der 227. Wir haben zusammen gekocht, Tee getrunken und so und dabei erzählt. Der hat ganz gewaltige Probleme und deswegen hat er sich bei mir ausgeheult."

Karsten unterbrach ihn: „Weiß er, daß sie jetzt hier sind?"

„Ja ja", versicherte Kara. „Er hat mich ja extra gefragt, ob ich für ihn mit Ihnen sprechen würde."

„Ich verstehe bloß nicht, warum er nicht herkommt und mir selbst erzählt, worum es geht", meinte Karsten.

„Der traut sich einfach nicht, hat keinen Arsch in der Hose. Ich hab mit dem geredet wie mit einem kranken Pferd. Da war nichts zu machen", fuhr Kara fort und hob, wie beschwörend, beide Hände.

„Und worum geht's jetzt eigentlich?" wollte Karsten genaueres wissen.

„Der hat einen Riesenberg Schulden am Hintern, wegen Gift und so. 10 000 Mäuse soll er bis nächste Woche abdrücken. Die wollen ihm zwei Finger abschneiden, mit dem Bolzenschneider, wie dem Russen vorige Woche in der Zwei[22], wenn die Kohle nicht anrollt. Jetzt hat er scheißende Angst und traut sich kaum noch aus seiner Höhle." beschrieb Kara die Situation.

„Dann hat ihn neulich also doch der Inkassodienst vermöbelt, als er ins Krankenhaus mußte?" fragte Karsten dazwischen.

„Na klar! Wer denn sonst? Aber hätte er die verlampt[23], dann hätten die ihn inzwischen schon fertiggemacht", bestätigte ihm Kara seine Feststellung.

„Wenn er alles deckt, kann ihm aber doch auch keiner helfen", warf Karsten ein.

„Aber Meister, Sie wissen doch selbst, daß der Knast seine eigenen Gesetze hat. Außerdem wissen Sie doch auch, daß nicht alle Beamten dichthalten. Wir regeln unsere Angelegenheiten am besten selbst, und das richtig und auf dem kürzesten Weg."

„Machen Sie bloß keinen Blödsinn!" beschwor ihn Karsten. „Geben Sie mir lieber einen brauchbaren Tip, wer jetzt hier im Inkassogeschäft seine Finger drin hat. Dann können wir versuchen, diese Brüder erst mal aus dem Verkehr zu ziehen."

Kara wiegte nachdenklich den Kopf bevor er weiter sprach:

„Die Namen weiß ich noch nicht. Bis jetzt weiß ich aber von zwei Leuten. Einer ist ein Deutscher mit dem Spitznamen „Geier". Der andere soll ein „Jugo" sein. Sobald ich mehr weiß, komme ich wieder zu Ihnen rein. Aber verpfeifen Sie mich bloß nicht. Die schlitzen mich sonst glatt auf."

Karsten versicherte ihm beruhigend:

„Da machen Sie sich mal keine Sorgen. Ich kann das Wasser halten. Ich werde mich doch nicht selbst um meine Informationsquellen bringen und meine Baldowerer[24] auffliegen lassen. Dann trägt mir doch kein Aas mehr was zu."

Schon halb im Gehen, kam Kara noch mal zurück.

„Meister", meinte er. „Können Sie den Mehmed nicht

zum Hausarbeiter machen oder zum Helfer[25]? Da könnte er mit mir, wenn die anderen Knackis hinterm Riegel sind, hier auf der Station saubermachen. Wenn alle anderen auch draußen sind hat er nämlich zuviel Schiß."

„Ich werde sehen, was sich machen läßt. Aber ...", fiel Karsten noch ein, „Warum geht er denn nicht mal zum Sozialarbeiter. Der wäre für ihn doch genau der richtige Ansprechpartner. Außerdem hat der ganz andere Möglichkeiten als ein Stationsbeamter."

„Zu dem will er nicht mehr", wehrte Kara ab. „Bei dem soll er ständig bereuen, sich resozialisieren lassen und alles solchen Blödsinn. Neulich wollte er von dem aus nach Stuttgart, zu seiner Mutter, telefonieren. Der „Sozi" hat ihn aber nicht gelassen und gesagt, er dürfe erst wieder von seinem Apparat telefonieren, wenn er anständig am Vollzugsziel[26] mitarbeitet. Da hat er ihm gesagt, daß er ihn am Arsch lecken soll. Der „Gruppengummi" hat ihn daraufhin rausgeschmissen. Da geht Mehmed garantiert nicht mehr hin."

Karsten winkte ab und unterbrach ihn kopfschüttelnd:

„Ich habe die Geschichte aber anders gehört. Mir hat der Sozialarbeiter erzählt, daß er Demirci aus seinem Zimmer gewiesen hat weil, der laut und frech geworden war und weil er dem Gruppenleiter Prügel angedroht hat. Und er hat ihm dabei auch gesagt, daß er wiederkommen könne, wenn er sich wieder abgeregt hat.

Außerdem bin ich der Meinung, daß jemand wie Demirci auch mal eine Kröte schlucken muß, wenn er unbedingt etwas will. So läuft das Leben nun mal, nicht nur hier drin. Auch draußen ist es nicht anders. Auch da muß man zu so manchem Zeitgenossen nett und freundlich sein, obwohl man ihn am liebsten zum Mond schießen möchte."

„Rausgeschmissen hat er ihn und angebrüllt", beharrte Kara. „Mit mir hat er das ja auch schon mal gemacht."

„Wollen wir uns nicht streiten. Wir waren beide nicht dabei", wiegelte Karsten ab, als er merkte, daß auf Einsicht bei Kara nicht zu hoffen war.

„Sie denken aber trotzdem an die Kalfi-Stelle für Demirci?", fragte Kara vorsichtshalber nach.

„Das habe ich doch zugesagt. Oder nicht? Sie können mir den Demirci ja mal vorbei schicken. Er soll mir selber erzählen, wie er sich den weiteren Gang der Dinge vorstellt."

Karsten wurde durch das Klingeln des Telefons unterbrochen. Von der Zentrale erhielt er die Mitteilung, daß ein Ausgänger [27] vom Tor abzuholen war.

Kara hatte mitbekommen worum es ging und meinte: „Das wird Durmus sein. Der ist der einzige von der Station, der noch draußen ist."

Zusammen mit Kara verließ Karsten das Dienstzimmer. Er schloß die Tür ab und ging den menschenleeren Gang entlang zur Zentrale, um von dort aus den Ausgänger vom Tor abzuholen.

Aus dem Fernsehraum und aus einigen Zellen war die Stimme des Fernsehkommentators zu hören. Als er über den hellerleuchteten und menschenleeren Anstaltshof ging, scholl aus den Häusern ein Torschrei herüber. Aus der Lautstärke schloß er, daß es wohl ein Tor für die türkische Mannschaft war.

Durmus saß in der Wartezelle und war schon von den

Beamten an der Pforte kontrolliert, so daß er mit ihm gleich wieder in Richtung Haus starten konnte. Durmus hatte es mächtig eilig, weil er noch ein Stück von dem Spiel sehen wollte. Auf der Station angekommen, schmiß er seine Sachen nur in seine Zelle, hing seinen Vorhänger[28] ein und sauste gleich wieder los in Richtung Fernsehraum.

Karsten war es ganz recht, daß wegen des Fußballspiels auf seiner Station so wenig los war. Er setzte sich in sein Dienstzimmer, zog die Tür hinter sich zu, legte die Beine hoch und las bis zum Dienstschluß noch ein paar Seiten in seinem Buch.

Es war ein oder zwei Tage später, als Demirci in Begleitung von Kara bei Karsten im Dienstzimmer erschien.

„Ich bin nur mit ihm mitgekommen, weil er sich allein nicht über den Gang traut. Wenn Sie mich brauchen, ich bin im Fernsehraum", entschuldigte Kara seine Anwesenheit und schob wieder ab.

Demirci hatte eine brennende „Selbstgedrehte" in der Hand und machte ein gelangweiltes Gesicht. Karsten schob ihm einen Aschenbecher hin und forderte ihn auf, sich zu setzen, bevor er ihn ansprach:

„So, nun schießen Sie mal los! Worum geht's?"

„Was soll ich denn erzählen?" meinte Demirci.

„Am besten alles, und zwar von Anfang an. Wie haben Sie es denn überhaupt geschafft, so schnell so viel Schulden zu machen?"

Demirci sah Karsten irritiert an und schien zu überlegen. Dann meinte er:

„Eigentlich war das ganz einfach. Gleich am ersten

Tag kam ein Typ auf meine Hütte und meinte, wenn ich Stoff brauche, wäre das kein Thema. Er könne mir jede Menge besorgen. Aber das hat Ihnen ja Kara sicher schon erzählt."

„So genau nicht. Hatten Sie denn so viel Geld?" wollte Karsten wissen.

„Nein. Er hat mir drei Schuß dagelassen und gesagt, ich kann später bezahlen. Ne Pumpe hat er mir auch noch besorgt. Die hat mir einer von seinen Spannern gebracht." erzählte Demirci weiter.

„Wie ging denn das nun mit dem Bezahlen weiter?" wollte Karsten wissen.

„Am andern Morgen hatte ich schon den ersten Streß. Für den Stoff sollte ich 105 Mark abdrücken und für die abgewichste Pumpe noch mal 20. Ich hab versucht sie hinzuhalten, ging aber nicht. Die haben gesagt, du zahlst oder du wirst für uns ein paar Jobs übernehmen. Wenn nicht, machen wir dich zur Sau. Da blieb mir ja nichts anderes übrig als mitzumachen. Ein paar Päckchen [29]und zwei Kaffeebomben[30] hatte ich mir ja auch noch gepumpt[31]. Ich wußte ja noch nicht, wie hier verrechnet wird"

„Oh, Mann! Wieviel Päckchen und Bomben sind es denn bis jetzt" konnte Karsten da nur noch entgeistert fragen, denn so viel Naivität konnte er sich nicht vorstellen.

Demirci nahm seine Finger zu Hilfe und bewegte lautlos die Lippen, während er durchzählte. Dann meinte er:

„Wenn ich mich nicht verrechnet habe sind es jetzt 30 Päckchen Tabak und zehn Bomben Kaffee."

Das Gespräch wurde abrupt vom Dröhnen der Alarmhupe unterbrochen.

„Los ab in Ihre Zelle!" forderte Karsten Demirci zum Gehen auf, hastig sein Schlüsselbund greifend und sprang hoch. „Wir reden ein andermal weiter!", ergänzte er noch. Dann schob er ihn aus dem Dienstzimmer.

Demirci lief zu seiner Zelle und Karsten knallte die Tür des Dienstzimmers zu, schloß ab und rannte die Galerie entlang, warf dabei alle Zellentüren nacheinander zu und schloß jeweils einmal herum. Dabei war es egal, ob jemand drin war oder nicht. Die Station mußte nur schnellstens dicht gemacht sein.

Die meisten Gefangenen kannten das Spiel schon und gingen gleich freiwillig in ihre Zellen oder kamen gar nicht erst an die Tür. Aus dem Fernsehraum kamen noch zwei Mann heraus gerannt, die „nur noch schnell Kaffeewasser holen" wollten. Die hatten Pech. Bevor sie ihre Thermoskannen füllen konnten, war die Tür hinter ihnen zu und sie saßen in der Spülzelle fest. In kürzester Zeit war Karstens Station hinter dem Riegel [32] und er rannte zur Zentrale. Dort erfuhr er den Grund für den Alarm. Auf Bertha 3 hatte es eine Schlägerei im Fernsehraum gegeben. Die Streithähne waren schon unter Verschluß. Solfin von der 187 war auch dabei. Sein Brüllen und Toben war bis zur Zentrale zu hören. Er war scheinbar dabei seine Zelle „auf den Leisten zu hauen"[33], denn hinter der Tür knallte und klirrte es gewaltig. Dabei schrie er:

„Kommt rein ihr feigen Schweine. Ich reiße euch die Eier ab ihr Scheiß Schließer. Ich schlage euch die Schädel ein ihr Wichser."

Durch das Gebrülle und Getobe aufgestachelt, machten die anderen Gefangenen, vor allem die, die in den Fernsehräumen eingeschlossen waren, jetzt auch Rabatz.

Es wurde gebrüllt, gejohlt und gegen die Türen getrommelt. Das ganze Haus bebte. Der Krach war ohrenbetäubend. Die sich immer mehr steigernde Aggression war schon fast körperlich spürbar. Auch die Beamten wurden davon erfaßt.

Um wieder Ruhe in die Anstalt zu bringen und um weitere Gewaltausbrüche zu vermeiden, sollte Solfin, der Hauptkrakeeler, in die Arrestzelle gebracht werden.

Seine Zellenür ließ sich aber nicht öffnen, weil er sie von innen verkeilt hatte. Der Schnepper des Schlosses war dadurch so fest in das Schließblech gedrückt, daß er sich mit dem Schlüssel nicht mehr bewegen ließ.

Als Solfin merkte, daß sich an seiner Tür etwas tat, tobte er noch mehr und schrie:

„Ihr Arschlöcher seid ja zu dämlich eine Tür aufzumachen. Ich hab euch was geschissen. Wenn ihr mich haben wollt, müßt ihr euch was besseres einfallen lassen."

Inzwischen waren aus anderen Häusern weitere Beamte zur Verstärkung herbeigeholt worden, die sich an der Zentrale sammelten. Um festzustellen, ob die Gefangenen vollzählig waren, wurden jetzt erst einmal die Gefangenen aus den Fernsehräumen der anderen Flügel des Hauses einzeln herausgeholt und jeweils in Begleitung von zwei Beamten in ihre Zellen gebracht.

Diese Gemeinschaftsräume sahen schlimm aus. Teilweise war das Mobilar zerschlagen und mehrere Fernseher waren auf den Fußboden geworfen worden und hatten ihr Leben ausgehaucht.

Von den Stationsbeamten wurde jetzt überprüft, ob jeder Insasse auch in der richtigen, nämlich in der ihm zugewiesenen, Zelle saß und ob alle da waren. Es wurde jetzt deutlich ruhiger im Haus, als alle Gruppen aufgelöst waren. Die lastende Spannung nahm fühlbar ab. Die größte Gefahr war vorüber.

In der Zwischenzeit hatten zwei Beamte aus der Schlosserei einen Trennschleifer geholt. Um Dolfins Tür aufzubekommen, war es erforderlich, die außen liegenden Scharnierbänder wegzuschneiden.

Das Heulen der Flex dröhnte durch das Haus. Die Funken stoben in dichten Kaskaden durch den Anstaltsflügel und füllten ihn mit dem Geruch von glühenden Eisenspänen und verbrannter Türfarbe. Dann fielen die Scharniere polternd auf den Boden.

Der Stationsbeamte von Bertha 3 bummerte jetzt mit der Faust gegen die Tür und brüllte:

„Solfin, hörst du mich?... Wir kommen jetzt rein. Setz dich auf den Fußboden und nimm die Hände über den Kopf. Dann passiert dir nichts. Hast du mich verstanden?"

Von drinnen kreischte Solfin mit sich überschlagender Stimme zurück:

„Verpißt euch ihr Penner! Ihr kriegt mich nicht! Einen Scheiß werde ich machen."

Die vor der Tür stehenden Beamten verständigten sich kurz mit ein paar leisen Worten, dann rissen zwei von ihnen mit einem Kuhfuß[34] die Tür an der Scharnierseite heraus.

Eine Schaumstoffmatratze und mehreren Decken als Brustwehr benutzend, stürmten vier andere Beamte in die Zelle hinein.

Solfin stand in der Mitte des Raumes und schwang ein eisernes Tischbein wie eine Keule über seinem Kopf.

29

Zum Zuschlagen kam er aber nicht mehr, weil er durch die Wucht des Ansturms umgerissen wurde. Er lag hilflos unter der Matratze und den Decken und zappelte nur noch wie ein Fisch im Netz. Die Beamten, die sich auf ihn geworfen hatten, packten Solfin an Armen und Beinen. Er war jetzt ganz kleinlaut. Als ihm eröffnet wurde, daß er die Nacht ihm Arrest verbringen würde, sagte er auch keinen Pieps. Zwei Beamte griffen ihn an den Armen und stellten ihn auf die Beine.

Kaum waren sie aber mit ihm aus der Zelle heraus, riß er sich los und stieß den vor ihm stehenden Beamten beiseite. Der krachte mit einem Schmerzensschrei gegen das Galeriegeländer und rutschte in sich zusammen.

Solfin flüchtete in Richtung der Mitteltreppe. Er kam aber nicht weit, denn andere Beamte hatten ihm den Weg abgeschnitten. Als er merkte daß kein Entkommen möglich war, fing er hysterisch an zu schreien:

„Hilfe!...Hilfe!... Die wollen mich zusammenschlagen!" Er biß, spuckte und krallte sich am Geländer fest. Die Beamte rissen ihn aber los und warfen ihm eine Decke über den Kopf, die ihm die Sicht nahm und ihn am Beißen hinderte. Dann drehten sie ihn, so schnell wie möglich, ein paar Mal um die eigene Achse. Dadurch verlor er die Orientierung. An beiden Armen gepackt, zerrten sie ihn dann die Treppe hinunter ins Erdgeschoß und durch den Stern in den Arrestbereich.

In der Arrestzelle weigerte er sich, sich zu entkleiden, um die vorgeschriebene Anstaltskleidung[35] anzuziehen. Als gutes Zureden nicht half, wurde er von vier Beamten gewaltsam ausgezogen und nackt in die Arrestzelle geschubst. Die Anstaltskleidung lag schon auf der Pritsche in der Zelle bereit und einer der Beamten meinte zu ihm:

„Wenn du einen kalten Arsch kriegst und im Kopf wieder klar bist, wirst du die Klamotten bestimmt gerne anziehen."

Die Aufregung im Haus hatte sich gelegt. Der Einschluß wurde aber nicht mehr aufgehoben, weil es inzwischen nach 22.00 Uhr war.

Während des Schichtwechsels war der Grund für die Schlägerei das einzige Gesprächsthema.

Solfin hatte im Fernsehraum gesessen und mit den anderen Gefangenen der Station herumgestänkert, weil er nicht wie sie Fußball sehen wollte. Als er keine Ruhe geben wollte, hatten ihm die anderen Prügel angeboten. Da war er erst einmal ruhig und verschwand dann aus dem Fernsehraum.

Es dauerte aber nicht lange, dann kam er zurück und hatte ein Tetra-Pack Apfelsaft dabei. Er setzte sich an die Heizung und sah sich das Fußballspiel an, daß er doch gar nicht sehen wollte.

Plötzlich begann es im Fernsehraum erbärmlich zu stinken. Die Ursache war nicht festzustellen. Die Fernsehzuschauer ergriffen einer nach dem anderen, von dem Gestank angewidert, die Flucht. Nur Solfin nicht. Der blieb mit immer breiter werdendem Grinsen sitzen. Den drei hartnäckigsten Fußballfans war die Sache nicht geheuer und einem von ihnen fiel auf, daß Solfins Apfelsaft auf der Heizung stand und er davon nicht trank, sondern ab und an einen Schwapp auf die Heizung goß. Als er nach der Verpackung greifen wollte, um sie sich näher anzusehen, stieß ihn Solfin zurück. Bei dem Gerangel fiel die Schachtel um und eine bräunliche Brühe ergoß sich über die Heizung. Der Kotgestank verstärkte sich explosionsartig. Und genau das war auch in der Schachtel.

Solfin hatte eigenen Kot in heißem Wasser verrührt, um mit dieser stinkenden Mischung die anderen zu vertreiben. Als die nun den Urheber der Schweinerei herausgefunden hatten, gab es die Keilerei, die zum Alarm führte.

Am nächsten Tag, als er zum Dienst kam, war Karsten gespannt, ob Demirci wieder zu ihm kommen würde. Nach der Zählung stand er dann auch tatsächlich an der Tür des Dienstzimmers.

„Kann ich reinkommen", fragte er zaghaft.

„Na klar", antwortete Karsten. „Wir sind ja gestern ziemlich unsanft unterbrochen worden. Unser Gespräch sollten wir schon zu Ende bringen. Sie haben mir von Ihren Problemen erzählt. Ich vermute mal, daß Sie geschleppt haben. Aber setzen Sie sich doch erst mal."

Er setzte sich und meinte: „Was hätte ich machen sollen?"

„Sie hätten sich, gleich als das Spielchen anfing, an einen Beamten oder an den Sozialarbeiter wenden können!" bemerkte Karsten.

Demirci protestierte entrüstet:

„Dann wäre ich wohl schon Fischfutter, oder so. Die Jungs erwischen doch letztlich jeden."

„Sie sind doch aber jetzt gekommen, wo Ihnen das Hemd brennt. Sind die auf einmal nicht mehr gefährlich?" wunderte sich Karsten.

Auf dem Gang waren Schritte zu hören, die sich aber

wieder entfernten. Demirci stand auf und sah vorsichtig auf den Gang hinaus bevor er antwortete:

„Mir ist das jetzt Scheißegal. Ich weiß nicht mehr weiter. Mir steht das Wasser bis zum Hals."

Er fuchtelte fahrig mit den Händen herum als er sich wieder setzte.

„Welche Gegenleistungen sollten Sie denn für den Stoff bringen?" erkundigte sich Karsten weiter.

„Ich hab ein paar Mal was mit ins Haus gebracht."

„Stoff oder Kohle?" hakte Karsten nach.

„Je nach dem was so anlag."

„Warum gibt es denn jetzt wieder Zoff? Sie erzählen mir doch gerade, daß Sie sich arrangiert haben. Schleppen wird doch, soviel ich weiß, ganz gut honoriert!" Karsten konnte sich natürlich durchaus vorstellen worum es ging, stellte sich aber ahnungslos, denn er wollte aus Demircis Mund hören, was los war.

„Sie sind doch daran schuld!" brauste Demirci auf.

„Ich?... Das kann ja nur ein schlechter Witz sein", lachte Karsten. „Ich bin doch weder Ihr Kunde noch Ihr Geschäftspartner."

„Doch, ernsthaft!... Sie brauchen mich auch nicht zu verarschen!" beharrte Demirci. „Sie machen zwar keine Geschäfte mit mir, aber die Briefchen, die Sie neulich bei der Filze hochgezogen haben, die sollte ich liefern. Jetzt muß ich sie ersetzen. In dem Job haftet doch jeder für die ihm anvertraute Ware."

Karsten lehnte sich auf seinem Stuhl zurück und staunte dann:

„Das war also Ihr Stoff? Als ich Sie mit Ihren Kumpels

in „Reizwäsche" da sitzen sah, dachte ich schon, Sie wären als Stricher unterwegs."

Demircis blasses Gesicht bekam plötzlich Farbe. Empört sprang er auf:

„Ich bin keine Schwuchtel.... Ich bin ein Mann!... Ein richtiger Mann! Wenn Sie wissen was das ist! Solche Sauereien mache ich nicht mit."

„Das wollte ich damit ja auch nicht behaupten. Ich habe ja nur gesagt, was mein Eindruck war", versuchte Karsten die Wogen wieder etwas zu glätten. „Aber sagen Sie!" fuhr er fort. „Warum haben Sie denn in der Zelle die Hosen ausgezogen? Eigentlich bleibt dann ja nur noch der Schluß, daß Sie „tief"[56] getragen haben."

Demirci sah auf den Boden und antwortete erst nicht. Dann hob er den Kopf, sah Karsten an, daß der meinte so etwas wie Verlegenheit in seinem Gesicht zu sehen und sprach trotzig aber leise weiter:

„Was soll`s, Sie haben ja recht. Ich hatte das Zeug gerade herausgeholt. Fünf Minuten später wäre alles erledigt gewesen...... ,war wohl eben mein Pech!"

Karsten hatte das Gefühl, das Thema wechseln zu sollen und fragte, während er Kaffee eingoß, beiläufig:

„Wer hat denn zur Zeit das Sagen im Geschäft mit Gift? Sie sind doch dicht dran am Geschehen. Sie kommen doch mit den Leuten zusammen."

Demirci sah ihn wie vom Donner gerührt an:

„Halten Sie mich für bescheuert?....Ich bin doch nicht lebensmüde. Die knipsen mich doch aus, sobald ich den Mund aufmache."

Karsten wurde dieses Versteckspielen und Drumherumreden langsam zuviel.

„Jetzt mal halt!... Ich verstehe ja, daß Sie Angst haben. Aber Ihnen helfen oder Sie schützen können wir nur, wenn wir wissen, wer Ihnen ans Leder will. Ist Ihnen das denn nicht klar?"

Eine ganze Weile blieb Demirci stumm und sagte überhaupt nichts. Unschlüssig rutschte er auf seinem Stuhl hin und her und sah mal zur Decke und mal aus dem Fenster. Schließlich meinte er:

„Die Kiste ist doch auch total verfahren. Mir ist das alles zu gefährlich. Ich weiß einfach nicht mehr ein und aus. Nenne ich hier Namen, bin ich irgendwann dran. Die geben doch keine Ruhe wenn sie einer verpfeift."

Karsten gab ihm zu bedenken:

„Wenn Sie sich jetzt dafür entscheiden den Mund zu halten, bleibt Ihnen nur übrig zu zahlen, oder Ihre Schulden abzuarbeiten. Werden Sie dann auch noch beim Verticken [37] erwischt, bedeutet das noch mehr Schulden und vor allem aber noch mehr Knast. Die Richter sind da äußerst nachtragend, wenn ein Knacki im Knast neue Dinger dreht. Wenn Sie überhaupt eine Chance haben wollen, müssen Sie sich entscheiden – eindeutig."

„Aber was soll ich bloß machen?" stöhnte er, zuckte mit den Schultern und unterdrückte mühsam ein jämmerliches Schluchzen. „Ich hab schon meiner Mutter geschrieben und sie angebettelt, mir noch mal aus der Patsche zu helfen. Ich habe mir ja auch fest vorgenommen, die Finger vom Gift zu lassen. Dazu muß ich doch aber erst mal den Rücken wieder frei haben."

„Wollen wir mal die Daumen drücken, daß das auch klappt. Ihre Mutter wird das Geld ja auch nicht auf der

Straße finden!", zeigte Karsten sich da skeptisch und fuhr dann fort:

„Die Möglichkeit wäre es ja. Sie sollten auf jeden Fall mal mit dem Sozialarbeiter sprechen. Vielleicht gibt es für Sie die Chance in ein Therapieprogramm hineinzukommen? So was macht sich ja immer gut, besonders wenn man im Knast sitzt."

Mit diesem Vorschlag hatte Karsten bei ihm aber kein Glück. Es war, wie es ihm Kara schon gesteckt hatte. Demirci ging hoch wie eine Rakete. Zum Sozialarbeiter wollte er auf keinen Fall.

„Zu diesem Scheißkerl gehe ich auf keinen Fall", war seine letzte Bemerkung zu diesem Thema.

Dafür konnte es Karsten aber mit einer Kalfaktorenstelle regeln. Einer der bisherigen Hausarbeiter wurde in den Offenen Vollzug verlegt und Karsten konnte es so drehen, daß die frei gewordene Stelle mit Demirci besetzt wurde.

Kara hielt Karsten in der Folgezeit immer auf dem laufenden über Demirci, wenn er sonntags den Beamtenraum saubermachte. Im Anschluß an diese Arbeit war es auf der Station üblich, daß Kara bei den Beamten sich noch ein Weilchen hinsetzte, eine Tasse Kaffee trank und eine Zigarette rauchte. Beiläufig wurde dann der Anstaltsklatsch besprochen, was so manches Mal interessante Informationen für die Beamten brachte.

An einem dieser Sonntage fragte Karsten Kara so ganz beiläufig, wie sich Demirci denn als Hausarbeiter machen würde.

Kara lobte ihn in den höchsten Tönen und äußerte, schon fast begeistert:

„Der ist ganz eifrig bei der Sache. Macht alles ganz akkurat und gewissenhaft. Der ist ein echt guter Helfer."

„Hat sich mit seinen Schulden was getan? Hat er da mal was erzählt?"

wollte Karsten weiter wissen und sah nebenher auf dem Schreibtisch die Unterlagen durch.

„Seine Mutter hat ihm wohl geschrieben, daß sie ihn ein letztes Mal auslösen will. Mehmed hat ihr dafür hoch und heilig versprochen, daß er jetzt die Finger vom Stoff lassen wird. Ich will bloß hoffen, daß er es schafft!" setzte Kara seinen Bericht fort. Während er sprach war er aufgestanden und rückte an den Stühlen herum. Dabei schaute er Karsten über die Schulter, um in die Akten gucken zu können.

„Sitzt er wieder mit den Junkies zusammen?" erkundigte sich Karsten weiter und tat so, als bemerkte er Karas neugierige Blicke nicht.

Kara überlegte kurz, bevor er weitererzählte:

„Bisher nicht. Jedenfalls habe ich nicht gesehen, daß er besucht wird oder selbst zu jemand geht. Er hat aber überall herumerzählt, daß seine Mutter mit Kohle rüberkommen will, um ihn auszulösen. Ich vermute, da werden bald Angebote für ihn kommen, denn dadurch ist er ja wieder kreditwürdig. Den einen Jugo habe ich gestern schon auf der Station in der Nähe von Demircis Zelle gesehen. Als er mich kommen sah hat er sich aber gleich wieder verpißt. Sie wissen doch: Hier gibt es kein Lieferproblem. Das Problem sind die Kunden. Es gibt davon zu wenig."

Karsten sah hoch und überlegte kurz, bevor er meinte:

„Ich werde nachher mal bei Demirci vorbeischauen.

Hoffentlich ist er noch „sauber." Aber nicht vorwarnen!" fügte er noch hinzu..

„Ich sag kein Wort! Einen Teufel werde ich tun!" beteuerte Kara. „Ich verschwinde in meine Zelle und hau mich aufs Ohr. Um sicher zu gehen, daß ich nicht quatsche, können Sie bei mir auch gleich dicht machen."

Karsten hatte sich von Kara gerade verabschiedet und die Zellentür verschlossen, als die Glocke anschlug und den allgemeinen Hausarbeitereinschluß anzeigte. Die Kalfaktoren waren alle schon in ihren Zellen, als Karsten seine Runde machte. Manche standen an der Tür und verabschiedeten sich mit:

„Tschüß bis morgen!" oder „Schönen Feierabend, Meister!" Einige Briefe wurden ihm auch noch mitgegeben. Er hielt es wie die anderen Stationsbeamte auch. Er nahm die Post der Hausarbeiter nach Dienstende mit und warf sie in den Briefkasten vor der Anstalt ein. Auf dem regulären Weg über die Poststelle wären die Briefe mehrere Tage länger unterwegs. Dieses Verfahren war ein kleiner Bonus für die Hausarbeiter, den diese durchaus zu schätzen wußten.

Bei seinem Gang über die Station schloß Karsten einen nach dem anderen ein. Mit jeder Tür, die er zuschloß, wurde es ruhiger im Flügel. Demirci war als letzter dran. Er lag auf dem Bett, stierte starr zur Decke und schien wieder einmal völlig abwesend zu sein. Er bemerkte noch nicht einmal, daß Karsten sich von ihm verabschiedete.

In der gesamten Anstalt war eine andachtsvolle Stille eingekehrt. Nur von ganz weit weg waren leise Geräusche zu hören.

Karsten hatte wegen Demirci ein komisches Gefühl.

Er wartete deshalb noch eine Viertelstunde, dann ging er noch einmal ganz leise zu dessen Zelle. Den Zellenschlüssel hatte er schon paßgerecht in der Hand, um unnötigen Lärm und Zeitverlust beim Aufschließen zu vermeiden. So vorsichtig wie möglich führte er ihn ins Schloß, schloß blitzartig herum und riß die Tür auf. Demirci sprang vom Bett hoch, stürzte zum offenen Fenster, holte mit der rechten Hand aus und warf etwas mit Schwung hinaus, bevor Karsten ihn daran hindern konnte.

„Was haben sie da eben rausgeschmissen", fuhr er ihn wütend an.

Demirci, leichenblaß im Gesicht, tat völlig ahnungslos.

„Was soll ich denn rausgeworfen haben. Ich habe nur ein bißchen aus dem Fenster geguckt. Wie kommen Sie denn überhaupt dazu, mir hier was zu unterstellen?"

Karsten war stinksauer und schnaufte:

„Sie wollen mich wohl für blöd verkaufen? So viel ist klar. Das Zeug das Sie rausgeworfen haben, werde ich finden. Und... Wenn es das ist, was ich vermute, dann können Sie sich warm anziehen. Dann kriegen Sie Ärger bis zum Abwinken."

Karsten sah sich in der Zelle um. Das zerwühlte Bett stand rechts an der Wand. Der Schrank stand quer davor im Raum mit der Rückwand zur Tür. Kam man in die Zelle, wirkte er wie eine Sichtblende. Er deutete auf den Schrank und meinte:

„Dieses Stilleben wird auch abgeschafft. Damit ist jetzt Schluß. Aus Ihrer Höhle wird wieder eine ordentliche Zelle."

Dann sah er sich weiter in Demircis Etablissement um.

Links vor dem Waschbecken lag der Stuhl, den Demirci beim Aufspringen umgestoßen hatte. Er trat an den Tisch links neben dem Fenster heran. Auf ihm lagen Berge von Zeitungen. Dazwischen fanden sich Briefe, Anträge für Behörden, schmutziges Besteck, Teller mit alten Essenresten.

Dieses Panorama paßte zum Klobecken neben der Tür. Deckel und Brille waren hochgeklappt. Offensichtlich hatte Demirci nach der letzten Benutzung das Spülen eingespart. Den Düften nach, war das noch nicht so lange her.

„Sieht ja lecker aus bei Ihnen!" stellte Karsten ironisch fest und zeigte auf diese Anhäufung von Abfall und Dreck.

„Und was ist das hier?"

Er hielt Demirci eine selbst gebastelte Haschischpfeife unter die Nase, die er aus dem Durcheinander mit spitzen Fingern herausgezogen hatte.

„Keine Ahnung!" gab sich Demirci unwissend und setzte noch einen drauf: „Sehe ich jetzt zum ersten Mal! Muß mir jemand da hingelegt haben, als ich mal draußen war. Ich weiß ja noch nicht mal was das ist. Wozu braucht man denn so was überhaupt?"

Karsten war stinksauer, weil er, kaum daß er sich für Demirci verwendet hatte, von dem auch schon veralbert wurde.

„Wollen Sie mich verarschen?" schnauzte er ihn deshalb an.

„Sie als ausgewiesener Junkie wollen mir allen Ernstes erzählen, daß Sie nicht wissen was ein Shillum ist? Mir ist das ehrlich zu blöd, was Sie mir hier anbieten. ... Wissen

Sie was! Ich stecke Sie jetzt in ein anderes Loch und dann werde ich nachsehen, was Sie aus dem Fenster geworfen haben. Ihren Dachsbau hier werden wir dann mal richtig auseinander nehmen. Da werden Sie hinterher beim sortieren Ihrer Klamotten viel Spaß haben. Das kann ich Ihnen jetzt schon versprechen"

Demirci war völlig verdattert und ließ sich ohne noch ein Wort zu sagen in einer Leerzelle auf Bertha 4 einschließen.

Karsten ging zusammen mit einem Kollegen hinunter auf den Freistundenhof, um herauszufinden, was Demirci weggeworfen hatte.

Bei der Suche behielt Karsten die über ihnen befindlichen Zellenfenster immer im Auge. So dicht am Haus unter den Zellenfenstern war es stets gefährlich. Die Gefangenen warfen Tag für Tag eine Menge Lebensmittel und auch Müll hinaus[38]. Waren Beamte in der Nähe, kamen, natürlich versehentlich, auch mal Flaschen und Gläser geflogen. Die Hofkalfaktoren reinigten diese Bereiche nur noch widerstrebend und trugen schon Schutzhelme, weil einer von ihnen vor einiger Zeit von einem Becher mit Fleischsalat am Kopf getroffen wurde. Jeden Morgen fegten sie um die Anstalt herum zwei bis drei Schubkarren Lebensmittel, Scherben und anderen Müll zusammen.

Es dauerte nicht lange, dann hatten die Beamten wonach sie suchten. Direkt unter Demircis Fenster lag ein walnußgroßes Stück Haschisch. Es war noch in Folie eingewickelt und mit Siegelband verklebt. Vorsichtig machte Karsten die Folie auf, um sich den Inhalt genauer anzusehen. Sein Kollege war sich über die Qualität nicht ganz sicher, meinte aber, daß es Roter Libanese[39] sein könnte.

Mit diesem Fund marschierte Karsten zu Demirci.

„Sie behaupten also, nichts aus dem Fenster geworfen zu haben. Und was ist das hier?"

Er hielt ihm seinen Fund unter die Nase.

Demirci hatte sich sichtlich von seinem ersten Schreck erholt und meinte grinsend: Wo haben Sie denn das her? ... Das sieht ja aus wie Haschisch! Aber wie kommen Sie denn darauf, daß das von mir ist? Haben Sie das denn etwa in meiner Zelle gefunden?"

Karsten hätte ihm am liebsten eine geklebt, so sehr ärgerte ihn Demircis zur Schau gestellte Kaltschnäuzigkeit.

„Ich behalte Sie im Auge!" versprach er ihm, sich mühsam beherrschend.

„Einen Gefallen tun Sie sich mit Sicherheit nicht. Mir gehen Sie jetzt wirklich auf den Keks. Ich bin mir aber ganz sicher, daß der Punkt nicht mehr fern ist, an dem Sie wieder angeflennt kommen, weil Sie sich nirgends mehr hintrauen. Passen Sie bloß auf, daß das Ding nicht nach hinten losgeht."

Karsten drehte sich um und knallte die Tür hinter sich zu. Scheppernd drehte sich der Schlüssel im Schloß.

Gemeinsam mit einem anderen Beamten durchsuchte er dann Demircis Zelle. Obwohl sie alles auf den Kopf stellten, Bett, Schrank und Tisch völlig auseinander schraubten und das Oberste zu Unterst kehrten, war die Suche erfolglos.

Anschließend holte Karsten Demirci aus der Leerzelle und schloß ihn wieder in seiner bisherigen Zelle ein.

Der war erst einmal sprachlos, als er sein zerlegtes Inventar sah und Karsten ihm, auf das Chaos weisend, verkündete:

„Das ist ein kleines Dankeschön dafür, daß Sie mich verarschen wollten!"

Am anderen Morgen ließ Demirci sich nicht blicken. Karsten wollte von Kara wissen, wo denn Demirci stecke. Der meinte, daß der wahrscheinlich Angst davor habe, als Kalfaktor abgelöst zu werden.

Karsten nickte und bestätigte diese Sorge:

„Große Lust dazu, ihn abzulösen und hinter den Riegel zu stecken, hätte ich schon. Aber leider haben wir fast nur noch Giftis hier im Knast. Ich finde ja kaum noch einen arbeitswilligen Knacki, der nicht mit dem Drecksenzeug zu tun hat. Also bleibt er bis auf Widerruf Kalfaktor bis ich einen anderen Aspiranten habe. Sie können ihm aber sagen, daß er beim nächsten Ding mit Sicherheit weg ist. ...

Ist er jetzt eigentlich in seiner Zelle?" wollte Karsten noch wissen.

„Ich glaub schon!" meinte Kara.

„Ich werde wohl besser noch mal selbst mit ihm reden!" überlegte Karsten laut.

Als er zu Demircis Zelle kam, stand die Tür halb offen. Das Fenster war mit einer Decke zugehängt. Nach einigen Sekunden hatten sich Karstens Augen an das Dämmerlicht in der Zelle gewöhnt. Demirci machte einen jämmerlichen Eindruck. Ungewaschen und unrasiert lag er auf dem Bett und starrte die Decke an.

„Guten Morgen", sagte Karsten, „sonderlich frisch sehen Sie ja nicht gerade aus. Wir sollten uns vielleicht doch noch mal unterhalten!"

„Worüber denn?" murrte Demirci und drehte sein Gesicht zur Wand.

„Na,... Zum Beispiel darüber, daß Sie wieder kräftig mit Stoff zu tun haben", fuhr Karsten fort und fügte provozierend hinzu:

„Gestern allerdings nicht. Da haben Sie sich ja freiwillig aus dem Geschäft zurückgezogen und das Zeug aus dem Fenster geworfen."

Demirci hatte sich aufgesetzt und begonnen, sich eine Zigarette zu drehen. Dann tastete er seine Hose ab, griff in die Hosentasche und fummelte ein Feuerzeug heraus, mit dem er die Selbstgedrehte anzündete.

„Was soll ich sagen?" begann er. „Streite ich alles ab, glaubt mir keiner. Gebe ich zu, daß es mein Stoff war, wird der Ärger noch größer als er sowieso schon ist. ... Also halte ich die Klappe. ... Ist doch schon völlig egal."

„Vielleicht haben Sie von Ihrem Standpunkt aus sogar Recht", räumte Karsten ein: „Ich habe das Zeug aber fliegen sehen. Das ist eine Tatsache. Haben Sie denn alle Ihre Vorsätze und Beteuerungen schon wieder vergessen? ... Sie haben hoch und heilig erklärt, daß Sie Ihre Finger von dem Zeug lassen wollen. Reißen Sie sich doch mal am Riemen. Wenn nicht für Sie selbst, dann wenigstens für Ihre Mutter."

Karsten hatte offenbar den Nerv bei ihm getroffen. Demirci hatte plötzlich Tränen in den Augen, als er hervorstieß:

„Ich bemühe mich ja. Ich will ja auch. Aber es ist so verdammt schwer! Ich schaffe es einfach nicht"

Karsten ging dieses Selbstmitleid langsam auf die Nerven. Er hielt sich aber zurück und beschwor ihn eindringlich:

„Wir haben doch schon darüber gesprochen. Jammern

hilft überhaupt nichts. Versuchen Sie über eine Therapie von dem Zeug wegzukommen! Wenn Sie, wie Sie sagen, den festen Willen dazu haben, stehen die Chancen clean zu werden doch gar nicht schlecht für Sie."

Demirci drehte sich nervös erneut eine Zigarette und äußerte dann seine Bedenken:

„Das ist ja alles schön und gut. Ich will aber nicht ständig bevormundet werden und über jeden Furz Rechenschaft ablegen müssen. Zu diesem Sozialarbeiter muß ich ja sicherlich auch andauernd hin. Und ..., zu dem kriegen mich keine zehn Pferde mehr hin. Der Kerl ist doch zum Kotzen. ... Die anderen von der Sorte sind ja auch nicht besser."

Während er sprach war er aufgesprungen und trat unbeherrscht mehrere Male heftig gegen die an der Wand lehnende ausgehängte Schranktür. Seine anfängliche Niedergeschlagenheit war in ständig wachsende Wut umgeschlagen.

Karsten merkte, daß es keinen Sinn hatte, jetzt weiter mit ihm darüber zu reden, und wandte sich zum Gehen. Beim Verlassen der Zelle sagte er nur noch:

„Wenn Sie sich nicht helfen lassen wollen, kann man natürlich nichts machen."

Eine halbe Stunde war vielleicht seitdem vergangen, da erschien Demirci verlegen grinsend im Beamtenraum.

„Wissen Sie!"..., begann er. „Nicht daß Sie mich falsch verstehen. Ich will ganz einfach ohne fremde Hilfe und aus eigener Kraft aus dem Schlamassel raus."

„Ist das nicht falscher Stolz? So tief wie Sie drinhängen, ist das doch überhaupt nicht zu schaffen."

Während Karsten sprach, schob er ihm einen Stuhl zu und bedeutete ihm, sich zu setzen.

„Wenn Sie wirklich aus diesem Teufelskreis raus wollen, müßte Ihnen doch jede Hilfe recht sein!" fuhr er fort.

Demirci gab sich fatalistisch:

„Wenn ich es nicht allein schaffe, habe ich eben Pech gehabt. Dann sollte es wohl so sein!...

Zum Arzt will jetzt übrigens auch!" fiel ihm plötzlich ein.

Er sprang auf und schlug beim Hinausrennen aus dem Dienstzimmer die Tür krachend hinter sich zu. Laut trampelnd rannte er die Galerie entlang. Kurz danach knallte auch die Gittertür zum Krankenrevier scheppernd zu.

Dann war es wieder still auf der Station.

An diesem Tage konnte sich Karsten nicht weiter mit Demirci befassen. Mit Krause und Nahac mußte er zum Sozialarbeiter. Mit Kara und zwei weiteren Hausarbeitern waren Handtücher und Bettwäsche von der Wäscherei zu holen. Zwei andere Insassen der Station waren zum Büro des Arbeitsamtes zu bringen. Er mußte dort bleiben und die beiden beaufsichtigen, weil der Aufsichtsbeamte in der Arbeitsverwaltung krank war. Eine Ablösung gab es für ihn nicht und so mußte er dort bleiben, bis die Anliegen der zwei Gefangenen geklärt waren.

Es war bereits Mittag, als er endlich mit den beiden wieder in die Anstalt kam. Auf dem Weg zu seiner Station kam ihm Hartmut, der dienstälteste Beamte des Flügels, entgegen. Im Vorbeigehen knurrte er ihn an:

„Mach bloß nicht soviel Wind mit solchen Banditen[40] wie dem Demirci! Das hältst du auf die Dauer doch nicht durch."

„Wie habe ich denn das zu verstehen?" wollte Karsten irritiert wissen.

Hartmut winkte knurrend ab, und watschelte schwerfällig, ohne zu antworten, in Richtung Treppe weiter.

Karsten sah ihm kopfschüttelnd hinterher. Vor einiger Zeit hatte Hartmut sich schon einmal ähnlich geäußert. Was er aber eigentlich wollte, hatte er nicht gesagt. Ihm war es letztlich auch zu dumm, sich über diesen Kollegen Gedanken zu machen. Es war gut möglich, daß Hartmut ihm nachtrug, daß er ihm vor ein paar Wochen mal die Meinung gesagt hatte. Was er da erlebt hatte, war ja auch ein starkes Stück. Als er an diesem Tag zum Frühdienst kam und die Tür zum Beamtenraum aufzog, stand Hartmut gerade mit offener Hose vor dem Handwaschbecken und urinierte hinein. Er ließ sich dabei auch durch sein Erscheinen nicht stören.

Als er Hartmut auf diese Sauerei ansprach und meinte: „Was machst du denn da? Weißt du nicht wo das Klo ist?", motzte der ihn sogar noch an, daß er sich um seinen eigenen Dreck scheren solle.

Als Karsten diese Geschichte dem Zentralbeamten erzählte, meinte der nur:

„Ja! Ja! So kennen wir ihn. Hat er denn wenigstens vorher die Kaffeetassen aus dem Waschbecken genommen?"

Vielleicht fühlte Hartmut sich aber auch nur in seiner Würde als „Platzhirsch" gekränkt, überlegte Karsten. Als Dienstältester meinte er nämlich Sonderrechte zu haben. Aber über Hartmuts dumme Sprüche, die mit Rülpsen und Furzen garniert, vor den an der Zentrale versammelten Beamten, vorgetragen wurden, konnte er nun mal nicht lachen.

Es war heute ein besonders warmer Sommertag. Von

dem vielen hin und her Gelaufe in der Anstalt war Karsten noch mehr geschlaucht als an anderen Tagen. Den anderen Beamten ging es ähnlich.

Die feuchte Schwüle zeigte auch bei den Gefangenen Wirkung. Sie waren gereizt und streitlustig. Der kleinste Anlaß genügte, sich fürchterlich aufzuregen. Besonders bei Demirci fiel Karsten das auf.

Kurz vor Feuerabend sah er ihn fluchend und schimpfend über den Flur rennen. Erst nahm er an, daß er zu ihm wollte. Aber Demirci sauste, ohne von ihm Notiz zu nehmen, an ihm vorbei. Seinem Gebrabbel entnahm er nur, daß der Arzt ihm nicht die gewünschten Medikamente verschrieben hatte. Karsten nahm sich vor, ihn nach dem tieferen Grund seiner üblen Laune zu fragen. An diesem Tage kam er aber nicht mehr dazu.

Als Karsten nach drei freien Tagen wieder zum Dienst kam, staunte er nicht schlecht, daß Demirci im Arrest saß. Er hatte sich mit einem anderen Gefangenen in dessen Zelle geschlagen und ihn dabei so übel zugerichtet, daß sein Kontrahent noch immer im Krankenhaus lag.

Nachdem er die Station aufgeschlossen hatte, mußte er für Demirci das Frühstück aus der Diätküche[41] holen, um es ihm in den Arrest zu bringen. Zusammen mit einem Kollegen machte er sich auf den Weg. Demirci hatte die Schlüssel klappern hören und stand schon hinter der Tür, als Karsten aufschloß.

„Was war denn eigentlich los?" begann Karsten das Gespräch, nachdem sie Demirci aus der Zelle in den Vorraum gelassen hatten.

„Erzähle ich Ihnen gleich", nuschelte Demirci und

fragte im gleichen Atemzug: „Kann ich erst mal eine rauchen?"

Karsten schob ihm seinen Tabaksbeutel, seine Blättchen und sein Feuerzeug über den Tisch. Während Demirci sich mit zittrigen Fingern eine Zigarette drehte und sich ganz darauf konzentrierte, beobachtete Karsten ihn.

Er war unrasiert und sah übernächtigt aus. Gewaschen hatte er sich wohl auch nicht. Unter den Augen hatte er dunkle Ringe. Blaue Flecken und Schrammen im Gesicht waren deutliche Spuren der Prügelei.

Als seine Zigarette endlich angezündet war und er den ersten tiefen Zug gemacht hatte, begann er zu erzählen:

„Dieser Penner hat mich beschissen. Der Stoff, den er mir untergejubelt hat, hat überhaupt nicht gedröhnt[42]. Deshalb wollte ich meine Kohle zurück haben. Der Drecksack wollte meine Knete aber nicht raus tun. Da mußte ich ihm doch eins in die Fresse hauen, sonst werde ich doch immer wieder über den Tisch gezogen."

Nervös sog er an seiner Zigarette.

„Seien Sie froh, daß die Sache wohl noch glimpflich abgeht. Wie ich gehört habe, will Ihr „Geschäftspartner" keine Anzeige erstatten. Wahrscheinlich kommen Sie mit einer Disziplinarstrafe weg. Heute abend werden Sie übrigens wieder auf die Station verlegt", meinte Karsten.

Demirci beugte sich über den Tisch und goß sich noch eine Tasse Kaffee ein. Nachdem er sie ausgetrunken hatte, stand er auf und wollte noch eine Zigarette.

„Das geht nicht, dauert zu lange!" winkte Karsten ab und grinste. „Wir können nicht den ganzen Tag hier sitzen und Ihnen Gesellschaft leisten. Wir müssen die anderen Justizopfer auch noch therapieren. Die nächste Zigarette gibt es nach dem Mittagessen. Jetzt geht es wieder ab in den Karzer."

Murrend fügte sich Demirci und schlurfte in die Arrestzelle. Die Blechtür schlug hinter ihm zu und der Schlüssel drehte sich klirrend im Schloß. Dann war es still.

Am folgenden Tag, als Karsten mittags mit der Post für die Gefangenen von der Zentrale kam, lief ihm Demirci über den Weg. Er wollte wissen, ob für ihn ein Brief dabei wäre. Karsten blätterte den Stapel Briefe durch und tatsächlich, es war ein Brief für ihn dabei. Der Absender war Ursula Demirci, seine Mutter. Demirci schnappte sich den Brief und wollte gleich damit verschwinden.

„Halt , halt! So geht das nicht. Erst muß ich nachsehen, ob nicht etwas Verbotenes drin ist[43]." Karsten hielt ihn dabei am Ärmel fest und ließ ihn nicht weg.

„Ist doch nur von meiner Mutter!" lamentierte Demirci.

Karsten ließ Widerspruch nicht gelten und griff energisch nach dem Brief.

„Erstens bin dazu verpflichtet und zweitens haben auch Mütter schon die tollsten Sachen in die Briefe gesteckt. Außerdem muß ein Brief nicht von dem sein, der als Absender drauf steht. Also wird der Brief jetzt und hier aufgemacht und basta! Je mehr Theater Sie hier machen, desto länger wird es dauern."

Mit dem Brieföffner riß Karsten daß Kuvert auf, nahm den Briefbogen heraus und schüttelte ihn, um festzustellen ob etwas eingelegt war. Dann drückte er Demirci Kuvert und Brief in die Hand.

„So, nun hat alles seine Ordnung. Und jetzt ab durch die Mitte."

Hastig schnappte sich Demirci den Brief und lief mit großen Schritten zu seiner Zelle. Für den Rest des Tages bekam Karsten ihn nicht mehr zu Gesicht.

Es war zwei oder drei Tage nach dieser Begebenheit, da tauchte Kara im Beamtenraum auf. Er beschwerte sich wortreich über Demirci und erzählte, daß der nur noch ab und an mitarbeitete. Kara vermutete, daß Demirci wieder an der Nadel hing.

„Hat das etwa mit der Post von seiner Mutter zu tun?" wollte Karsten wissen. „Vor einiger Zeit hat er doch erzählt, daß seine Mutter ihm aus der Klemme helfen würde, wenn er die Finger vom Gift läßt. Seine Schulden hat sie doch auch schon öfter bezahlt. Oder hat er schon wieder neu gepumpt?"

Kara schüttelte verneinend den Kopf und meinte:

„Diesmal ist es anders gelaufen. Seine Mutter tut wohl kein Geld mehr raus. Mehmed ist jetzt immer mit Gessler unterwegs. Ich glaube, für den vertickt er jetzt, denn beim Hausarbeiteraufschluß verpißt er sich immer und ist dann irgendwo in der Anstalt unterwegs. Ich habe ihm gesagt, daß ich keine Lust mehr habe, ständig für ihn mit zu arbeiten. Da ist er mir kreuzdämlich gekommen und hat mir erklärt, daß ihm das scheißegal ist und er erst mal sehen muß wie er zu Kohle kommt, weil seine Mutter ihn hängen läßt."

Kara machte eine Verschnaufpause.

Als er fortfuhr wurde er vor Ärger und Entrüstung immer lauter:

„Heute früh habe ich ihm noch mal gesagt, daß ich da nicht mehr mitspiele. Da hat er zu mir gesagt, daß ich das Maul halten soll, sonst würde er es mir stopfen."

Er ereiferte sich immer mehr.

„Nicht so laut!" warnte Karsten mit gedämpfter Stimme zur Vorsicht.

„Die Station muß doch nicht alles mithören."

„Mir egal." knurrte Kara, aber doch merklich leiser. „Was denkt dieser Rotzbengel eigentlich wer er ist. Diese halbstarken Junkies haben keine Erziehung, keine Achtung und keinen Respekt mehr vor dem Alter."

„Regen Sie sich nicht weiter auf", redete Karsten beschwichtigend auf Kara ein. „Ich werde nachher mal zu ihm hin gehen und ihm auf den Zahn fühlen. Daß Sie mir über ihn was erzählt haben, muß er ja nicht erfahren. Vielleicht kann ich was aus ihm rauslocken."

Kara hatte sich wieder beruhigt, nachdem er seinem Ärger Luft gemacht hatte. Karsten goß ihm eine Tasse Kaffee ein und er erzählte von seinem letzten Sprecher[44]. Seine Frau hatte ihn besucht und ihm dabei empört davon erzählt, daß sie bei Karstadt beklaut worden war. Ein paar Jugendliche hatten das Gedränge an der Kasse ausgenutzt und ihr das Portemonnaie aus der Handtasche gezogen. Kara ließ sich lang und breit über die verdorbene und kriminelle heutige Jugend aus. Mit vor Entrüstung hochrotem Gesicht meinte er:

„Das ist doch eine Riesensauerei, wenn man schon am hellichten Tag beim Einkaufen in einem Kaufhaus so dreist beklaut wird. Zu meiner Zeit hat es so was nicht gegeben. Wir hatten noch Achtung vor den Älteren."

„Da können Sie mal sehen", amüsierte sich Karsten, „nicht nur im Knast gibt es Ganoven."

Kara sah ihn irritiert an und Karsten befürchtete schon, er wäre beleidigt. Doch dann entspannte sich sein Gesicht und verschmitzt grinsend meinte er:

„Da haben Sie auch wieder recht!... Drinnen ist eben wie draußen."

Das Gespräch wurde durch das Anschlagen der Anstaltsglocke unterbrochen. Es war Zeit zum Einschluß und zur Zählung.

Nachdem alle Insassen der Station unter Verschluß waren und Karsten die Anzahl der anwesenden Gefangenen an die Zentrale gemeldet hatte, machte er sich daran, die Telefonliste zu schreiben. Ab 18.00 Uhr war er heute zum Telefondienst eingeteilt. Die Listen[45] der anderen Stationen mußte er sich noch von der Zentrale holen.

Beim Aufschluß rannten die Gefangenen, die telefonieren wollten, gleich los zu den Telefonen. Karsten stieg die Treppe hoch zum 3er Ring und schloß die Telefonboxen auf. Er mußte sich dazu durch einen dichten Pulk von Gefangenen durchdrängeln, die schon ungeduldig auf ihn warteten.

„Sportsfreunde, wenn ihr mich nicht an die Kästen heran laßt, wird das mit dem Telefonieren heute nichts mehr", drohte Karsten, um durchgelassen zu werden. Trotzdem mußte er einige Kraft aufwenden und schubsen und schieben, bis er die Klappen erreicht hatte.

Jeder Gefangene wollte möglichst als Erster telefonieren. Lautstark wurde um die Reihenfolge gestritten. Das ging nicht immer friedlich ab. Da wurde geschubst, getreten und gedrängelt. Es hatte auch schon Hiebe gesetzt. Kaum waren die Boxen offen, rissen die zuerst Gekommenen schon die Hörer heraus und begannen, um als erste in der Leitung zu sein, wie wild zu wählen ...allerdings vergeblich, denn der Zentralbeamte hatte die Anschlüsse noch nicht frei geschaltet. Trotzdem wurde unermüdlich immer wieder neu die Wählscheibe gedreht.

Die Lautstärke des babylonischen Sprachgewirrs schwoll zum ohrenbetäubenden Krach an. Die weiter hinten in der Schlange stehenden Gefangenen befürchteten, nicht mehr dranzukommen und versuchten sich vorzudrängeln.

Sobald Karsten seinen Standplatz gegenüber den Telefonen erreicht hatte und wieder alles übersehen konnte, wurde es nach ein paar Ermahnungen friedlicher. Vom Telefonieren ausgeschlossen werden wollte schließlich keiner. Jeder durfte zehn Minuten telefonieren. Um länger oder nochmals telefonieren zu können, wurde immer gern behauptet, daß man keinen Anschluß bekommen habe. Wurde dieses Spiel nicht übertrieben, taten die meisten Beamten so, als würden sie diese Geschichten glauben.

Um langen und nutzlosen Diskussionen mit den Gefangenen aus dem Weg zu gehen, hatte sich Karsten dieser Praxis angeschlossen. Bei dem ständigen hin und her an den Telefonen war es letztlich auch nicht möglich, jeden einzelnen Gefangenen im Auge zu behalten.

Als Virtuose beim lange Telefonieren war Karanoglu in der ganzen Anstalt bekannt. Von einer Sekunde zur anderen konnte der von tränenerstickter Trauer bis zum himmelhoch Jauchzen alle Rollen überzeugend spielen.

Mit tränennassem Gesicht erklärte er vor kurzem Karsten beispielsweise, daß seine arme Mutter plötzlich verstorben sei und er deshalb sofort bei seiner Familie anrufen müsse. Das nächste Mal war sein Vater angeblich schwer erkrankt. Dann folgten Onkel und Tanten. Er war dabei so überzeugend und einfallsreich, daß er oft mit dieser Masche Erfolg hatte. Gegenüber Beamten, die seine Geschichten schon kannten, trug er seine Wünsche als Anliegen eines guten Knastkumpels vor, in dessen Namen er mit Anwälten und Behörden telefonieren müsse, weil der der deutschen Sprache nicht mächtig sei.

Diese „Ich-Helfe-Meinem-Kumpel-Tour" wurde von einigen Beamten stets honoriert. Tatsächlich drehten sich seine Telefonate aber fast ausschließlich um Drogen, Geld und illegale Geschäfte.

Demircis Name stand auch auf der Liste. Er hatte sich bisher aber noch nicht blicken lassen.

An den Telefonen wurde es immer hektischer. In den anderen Teilanstalten wurde jetzt auch telefoniert. Die Leitungen waren deshalb ständig überlastet. Ununterbrochen wurden die Wählscheiben gedreht. Nur wer unablässig wählte, hatte eine Chance Anschluß zu bekommen. Wer durchgekommen war und den gewünschten Gesprächspartner erreicht hatte, drehte sich mit dem Gesicht zur Wand und tat so, als würde er nicht bemerken, wenn die Telefonzeit zu Ende war. Erst nach mehrmaliger lautstarker Aufforderung, das Telefonat zu beenden, wurde dann mit Maulen und Murren der Hörer an den nächsten Telefonkandidaten weitergereicht. War jemand besonders dickfellig, konnte es vorkommen, daß von der Zentrale die Verbindung ins öffentliche Netz abschaltet werden mußte. Karsten hatte das auch schon einmal machen müssen. Das wurde zwar mit lautem Geschrei quittiert, stellte nach kurzer Zeit aber wieder die Disziplin her.

Demirci tauchte kurz vor 20.00 Uhr auf. Karsten entdeckte ihn zufällig, als er sich über das Geländer lehnte, um zu sehen , was auf den unteren Stationen los war.

Er kam die Mitteltreppe vom 1er Ring hoch. Hinter ihm lief der Möbelkalfaktor[46] Henckler und redete unablässig auf ihn ein.

Offenbar kamen die beiden direkt aus der Zelle des Diätkalfaktors Schwarzberg, denn der stand in seiner Zellentür und rief Demirci und Henckler noch etwas nach. Der Krach in der Anstalt war aber zu groß, um etwas davon zu verstehen. Karsten konnte aber sehen, wie Demirci mit ärgerlichem Gesicht, ohne sich umzudrehen, abwinkte.

Henckler ging auf den 4er Ring hoch und verschwand dort in der Spülzelle. Demirci mischte sich unter die Telefonierer. Er sah müde und mitgenommen aus, war unrasiert und und ungekämmt.Die struppigen Haare standen wirr in alle Richtungen. Unter den Augen hatte er dicke schwarze Ringe. Er war auffallend wortkarg. Ständig rannte er auf dem Gang vor den Telefonen auf und ab. Das störte einige der Gefangenen, die gerade telefonierten. Einer von ihnen rief, zu Karsten gewandt, genervt über den Gang:

„Meister, kannst du diesen Idioten nicht mal ruhigstellen? Der geht uns mit seinem Umhergerenne auf den Sack."

Karsten wurde in seiner Beobachtung durch die Ablösung unterbrochen. Der Kollege übernahm die Telefonliste und wollte wissen:

„Gibt's was besonderes?... Oder spuren die Knackis mal ausnahmsweise?"

Karsten überlegte kurz und meinte dann:

„Bis jetzt war es erträglich. Der Demirci kommt mir allerdings wieder so komisch vor. Falls was ist, kannst du mich ja auf der C-3 anrufen:"

„Mach ich!" sagte der Kollege.

Karsten war froh, den Telefondienst hinter sich zu haben und schlenderte die Galerie entlang zu seiner Station. Dabei schaute er mal hier und mal da in offenstehende Zellen und in den Fernsehraum. Das Fernsehprogramm schien an diesem Abend nicht besonders zu sein. Viele Gefangene waren auf den Gängen unterwegs oder saßen einzeln und in Gruppen auf den Treppen herum. Um zur Station zu gelangen, mußte er sich auf der Galerie mehrmals durch Ansammlungen von Gefangenen durchdrängeln und über auf den Treppen herumlungernde Gefangene drüber weg steigen. Aus der Anonymität solcher Ansammlungen heraus wurde sonst gern und oft gepöbelt. Das blieb heute aber aus. Karsten kam das komisch vor. Er hatte das unbestimmte Gefühl, daß etwas in der Luft lag. Es schien, als wenn die Insassen auf etwas warteten.

Er hatte sich vorgenommen, das Stationsbuch und den Belegungsordner bis zum Einschluß auf den aktuellen Stand zu bringen. Gerade hatte er sich an den Schreibtisch gesetzt und den Ordner aufgeschlagen, als sich Kara zur Tür herein schob und geheimnisvoll flüsterte:

„Meister! Heute soll noch eine Ladung Gift reinkommen."

„Heute noch?...Von wem?" fragte Karsten ungläubig zurück. „Die Flügel sind doch alle dicht und in einer

Stunde ist Nachtverschluß. Ausgänger haben wir auch keine mehr draußen."

„Das ist schon richtig", bestätigte Kara, „aber vom Berta-Flügel kommen noch welche rein. Die bringen jede Menge mit - wird jedenfalls erzählt. Der Diätkalfi hängt auch dick mit drin."

„Schwarzberg?" fragte Karsten ungläubig.

Kara nickte noch kurz bestätigend, dann war er wieder weg.

Wenn die Geschichte stimmte, überlegte Karsten, dann war das die Erklärung für die gespannte Unruhe, die ihm vorhin aufgefallen war. Er stellte die Ordner wieder weg, schloß den Beamtenraum ab und schlenderte langsam zur Zentrale, wobei er mit einigen Gefangenen auf dem Gang noch ein paar belanglose Worte wechselte, um kein Mißtrauen aufkommen zu lassen. Telefonisch konnte er die Information nicht weitergeben, weil um diese Zeit häufig Gefangene, die telefoniert hatten, am Gitter zur Zentrale herumlungerten und die dort geführten Gespräche der Beamten mithören konnten. Wenn tatsächlich eine Lieferung erwartet wurde, war mit einiger Wahrscheinlichkeit damit zu rechnen, daß die Zentrale gezielt beobachtet wurde.

Der Flügel summte wie ein Bienenstock. Ihm kam es so vor, als hätte sich die erwartungsvolle Spannung noch verstärkt. Überall auf den Gängen und Treppen standen Gruppen von Gefangenen, die sich halblaut unterhielten. Selbst von Gefangenen, die ihm sonst auf dem Gang ständig mit ihren Anliegen in den Ohren lagen, wurde er auf seinem Weg zur Zentrale nicht angesprochen. Kam er in die Hörweite einer Gruppe, verstummte sofort das

Gespräch. Weiter gesprochen wurde erst, wenn er wieder weit genug weg war.

An der Zentrale löste Karsten mit seiner Neuigkeit nicht nur Freude aus. Die Kollegen sahen den pünktlichen Feierabend in Gefahr. Kutte, der Stationsbeamte von Anton 3, der im Spätdienst fast immer an der Zentrale stand und stets viel zu erzählen hatte, faßte es in Worte, als er meinte: „Hättest du das nicht für dich behalten können? Das riecht doch ganz stark nach Überstunden!"

„Wer könnte da noch alles mit drin hängen?" überlegte der Zentralbeamte.

„Na erst mal die Ausgänger, die noch kommen", meinte Karsten. „Denn verteilt ist das Zeug noch nicht, sonst würden die Knackis nicht so aufgeregt herumrennen und so gespannt auf den Gängen lauern. Hätten die den Stoff schon, wären die längst zugedröhnt. ... Ansonsten können von unseren vierhundert Mann im Haus theoretisch dreihundert beteiligt sein, denn so viele sind mit Sicherheit Junkies.

Bei mir auf der Station fallen mir spontan Demirci und Henckler ein. Die beiden sind hochkarätige Giftis. Außerdem habe ich die vorhin aus der Zelle von Schwarzberg kommen sehen. Die passen hervorragend ins Bild."

„Wieviel Ausgänger sind denn überhaupt noch draußen?" wollte einer der Beamten wissen.

„Ist keiner mehr draußen! ... Die sind alle schon drin!" meinte der Zentralbeamte. „Vor 10 Minuten kam der letzte."

Er sah aber vorsichtshalber nochmals in die Ausgängerliste und nickte bestätigend, als er fortfuhr:

„Wenn wir Pech haben, ist das Zeug schon verreist[47]."

„Das einfachste ist", schlug Karsten vor, „wir kontrollieren die drei oder vier Hanseln, die aus unserer Sicht in Frage kommen. Wir werden ja sehen, was dabei herauskommt. Möglicherweise soll durch diese Annonce auch nur mal wieder die unliebsame Konkurrenz ein bißchen zurückgestutzt[48] werden. Wäre ja nicht das erste Mal."

„Paßt auf!" meinte der Zentraler. „Ihr schnappt euch jeweils zu zweit einen dieser Banditen."

Er hatte die Namen von fünf Knackis schnell auf einen Zettel gekritzelt. Demirci und Henckler waren auch dabei. Zusammen mit dem Kollegen Dieter sollte Karsten Demirci kontrollieren.

Fast wäre er ihnen durch die Lappen gegangen. Sie kamen gerade die Mitteltreppe hoch, als er aus seiner Zelle gesaust kam und eilig an ihnen vorbei wollte. Karsten stellte sich ihm in den Weg:

„Nicht so eilig, Sie kommen jetzt erst mal mit uns mit. Sie werden jetzt sofort von uns in Ihrer Zelle kontrolliert!"

„Wieso?" empörte sich Demirci. „Ich habe doch nichts gemacht. Außerdem bin ich ja gleich wieder da. Ich will mir nur schnell eine Bombe Kaffee pumpen und heißes Wasser holen."

„Wenn Sie ein reines Hemd haben, um so besser. Dann sind wir ja auch mit der Kontrolle schnell fertig. Wasser und Kaffee können Sie sich hinterher immer noch holen," mischte sich Dieter ein.

Demirci drehte sich um und wollte wegrennen. Dieter sprang vor und bekam ihn noch am Arm zu fassen. Er hielt ihn energisch fest.

„Nichts da!", meinte er dabei. „Sie kommen jetzt mit in

Ihre Höhle zur Kontrolle und fertig. Um Kaffeewasser zu holen, hätten Sie übrigens in die andere Richtung rennen müssen." Er zeigte dabei in Richtung der Spülzelle.

Karsten und Dieter nahmen Demirci in die Mitte und widerstrebend ließ er sich zu seiner Zelle führen.

Unter den auf dem Gang herumstehenden Gefangenen machte sich zunehmend Unruhe breit. Die Beamten konnten darauf aber kaum achten, weil sie alle Hände voll mit Demirci zu tun hatten, der immer wieder versuchte sich loszureißen.

Es waren keine Freundschaftsbekundungen, die da zu hören waren. So viel war klar.

„Diese Scheißbullen haben Mehmed am Arsch", war aus dem Fernsehraum zu hören. Aus der einer Gruppe am Fuß der Treppe heraus wurde gerufen: „Ihr Dreckspenner, ihr bekloppten Schließer."

Nachdem Karsten Demircis Zelle vorgeschlossen hatte, schoben und zerrten die Beamten den sich immer wilder gebärdenden Demirci hinein. Dieter zog hinter sich die Tür zu.

Der Krach aus dem Flügel jetzt drang nur noch gedämpft als leises Murmeln in den Raum. Als erstes riß Karsten das Fenster weit auf und atmete tief durch. Dieter verdrehte die Augen, schüttelte sich und meinte angewidert:

„Das stinkt ja hier wie in einer Bärenhöhle! Demirci! ...Wie halten Sie diesen Gestank bloß aus? Hier müssen ja selbst die Maden mal zum Kotzen auf den Gang rausgehen. Hier bekommt man ja einen pelzigen Belag auf der Zunge."

Demirci zuckte bloß mit den Schultern:

„ Ist doch meine Sache!...Oder?"

Dieter winkte ab. Er wußte, daß solche Gespräche nutzlos waren.

„Wir wollen jetzt mal Tacheles reden", meinte er, während er sein Schlüsselbund an den Koppelhaken hängte. „Wir werden Sie jetzt nach § 84, Abs. 2 kontrollieren. Das Spiel kennen Sie ja schon. Sie werden sich also jetzt komplett ausziehen. Ihre Klamotten legen sie hier drauf."

Mit dem Fuß schurrte er den Stuhl unter dem Tisch vor und schob ihn Demirci hin. Angeekelt fuhr er fort:

Die Rapeiken, die wir durchgesehen haben, kannst du gleich wieder anziehen. Hast du das verstanden?"

Demirci stand und rührte sich nicht.

„Was ist?" mischte sich Karsten ein. „Haben Sie nicht verstanden, was mein Kollege gesagt hat?"

„Ich denke nicht daran, mich auszuziehen! Ich mach für euch doch hier keine Peep-Show!" lamentierte Demirci trotzig.

„Paß auf mein Lieber!" Dieter wurde jetzt lauter. „Wenn du hier jetzt Mätzchen machen willst, mußt du das deutlich sagen. Ich rate dir, unseren Anordnungen nachzukommen. Sonst werden wir dich ausziehen. Das wird dir dann mit Sicherheit noch weniger gefallen. Und weh tun kann es auch noch ganz schön. Wenn du verstehst, was ich meine? ... Du hast die freie Wahl. Entscheide dich!"

„Ist ja schon gut", murmelte Demirci eingeschüchtert. „Ich mach ja schon." Langsam begann er sich auszuziehen. Im Schneckentempo zog er sich das Hemd über den Kopf und hielt es dann unschlüssig in der Hand. Schließlich streckte er es Karsten hin.

„Sie sollen Ihre Sachen doch auf den Stuhl legen", ermahnte der ihn genervt.

„Ach ja!" meinte Demirci, als wenn er sich gerade daran erinnert hätte, knüllte sein grau gestreiftes Anstaltshemd zusammen und ließ es auf den Stuhl fallen. Als er seinen Blaumann[49] auch ausgezogen und auf den Stuhl gelegt hatte, fragte er:

„Die Unterhosen auch?"

„Alles runter!" kommandierte Dieter kategorisch.

„Und was jetzt?" fragte Demirci unsicher. Er war jetzt splitternackt und trat verlegen von einem Fuß auf den anderen.

„Heben Sie jetzt mal Ihr Geschlechtsteil an", sagte Karsten, „und ziehen Sie die Vorhaut zurück."

Dieter der hinter Demirci stand forderte ihn nun auf:

„Beugen Sie sich vor und ziehen Sie dann Ihre Gesäßbacken auseinander."

Während er dieser Aufforderung nachkam, sah Demirci Karsten an und fragte so nebenher:

„Ihr Kollege will wohl nachsehen, ob meine Zähne plombiert sind!"

„Wissen Sie", erwiderte Karsten, dem solche Kontrollen zunehmend zuwider waren.

„Wenn Sie das hier lustig finden, ist das Ihr ganz persönlicher Geschmack. Ich jedenfalls, kann mir besseres vorstellen, als Ihnen in den Arsch zu gucken."

Mit Demirci waren die Beamten fertig. Jetzt war seine Kleidung dran. Dieter hatte sich gerade die Hose genommen und wollte in den Brustlatz greifen, da murmelte Demirci:

„Machen Sie mir bloß nicht die Pumpe kaputt!"

„Was denn für eine Pumpe?" stellte Karsten sich unwissend.

„Na meine! Ne Spritze eben", erklärte er. „Das Ding steckt im Brustlatz. Hinten in der Kappnaht steckt noch die Reservekanüle."

Dieter hielt die Hose vorsichtig mit zwei Fingern weit von sich gestreckt hoch und tastete Taschen und Nähte behutsam ab.

„Da habe ich ja noch mal Glück gehabt", meinte er. „Das ist ja eine schöne Falle. Die vom Dienstherrn großzügig zur Verfügung gestellten Latexhandschuhe[50] wären mir dabei ja eine prima Hilfe gewesen. ...Jetzt fehlt bloß noch, daß Sie außer Aids noch Hepatitis oder eine andere ansteckende Seuche haben! Dann wäre das Glück ja perfekt."

Demirci zuckte die Schultern. Er klang resigniert als er erwiderte:

„Möglich ist alles! Im Grunde ist mir das auch völlig egal. Ich bin doch sowieso im Arsch. Meine Zukunft habe ich doch schon hinter mir. Ich mach weiter wie bisher und werd´ sehen, was kommt."

Dieter hatte die Kanüle und die Spritze aus der Hose gefingert. Er meinte so nebenher zu Demirci:

„Du wolltest wohl noch zur Fixerparty! ...Oder weshalb schleppst du dein Besteck ständig mit dir rum?"

Demirci zog gerade seine urinbefleckte, stark duftende Unterhose wieder an und schüttelte verneinend den Kopf.

„Die klauen hier doch alle wie die Raben. Ersatz ist kaum zu kriegen, da hab´ ich lieber alles am Mann."

„Sie sollten mal wechseln", meinte Karsten und deutete auf Demircis verdreckte Unterwäsche.

„Würde ich ja", antwortete der ihm entrüstet.

„Aber ich hab' doch eben gesagt, daß hier kein Ersatz zu kriegen ist."

Jetzt war es Karsten zuviel. Wütend schnauzte er los:

„Menschenskind, ich meine Ihre Unterhose. Können Sie denn an nichts anderes als an Gift denken? Ihre Klamotten stinken doch schon zehn Meilen gegen den Wind. ...Übrigens, was das Klauen anbelangt. Sie haben doch einen Vorhänger. Wenn Sie Ihren Kabuff zuschließen, kommt doch kein anderer Knacki an Ihr Zeug ran!"

„Nutzt mir nichts mehr!" schüttelte Demirci den Kopf. „Ich habe den Schlüssel verloren. Und Geld für ein neues Schloß hab ich nicht."

Während das Wortgeplänkel so hin und her ging, kontrollierten Dieter und Karsten die Kleidungsstücke weiter.

Karsten nahm gerade das Hemd hoch, als Demirci es ihm auch schon aus der Hand nehmen und anziehen wollte.

„Abwarten!...Muß ich erst durchsehen", wehrte er ihn ab und zog es ihm wieder weg.

„Was soll denn in so einem einfachen Hemd schon drin sein", moserte Demirci beleidigt.

„Warte einfach ab bis mein Kollege fertig ist", mischte sich Dieter ein.

In den Brusttaschen war nichts. Karsten begann einen der Ärmel, die bis zur Schulter aufgekrempelt waren, herunter zu rollen. Plötzlich knisterte es. Als Karsten die Ärmelmanschette herunter rollte, fiel ein Packen Geldscheine auf den Boden.

„Was haben wir denn da!" fragte er staunend und fuhr zu Demirci gewandt fort:

„Wollten Sie heute noch zur Bank? Oder sind das Wett-gelder? Wollen doch mal sehen, was noch so auftaucht?"

Blaß und ohne ein Wort zu sagen, setzte Demirci sich aufs Bett.

Karsten nahm sich jetzt den zweiten Ärmel vor. Auch hier förderte er ein Bündel Geldscheine zutage. Demirci nahm davon scheinbar keine Notiz mehr. Er saß teil-nahmslos auf seinem Bett und zog sich auch nicht weiter an. Er starrte nur stur vor sich hin.

Es waren fast 2000 DM und alles in kleinen Schei-nen.

„Da haben Sie jetzt aber ein gewaltiges Problem!" stellte Karsten fest, nachdem er das Geld gezählt hatte.

„Eine Menge Kohle und dann alles in kleinen Scheinen. Hier sieht's stark nach Handel aus. Da müssen Sie schon eine ganz tolle Geschichte auf der Pfanne haben, um nicht auf die Dealer-Station zu kommen."

„Erzählen Sie keinen Scheiß", brauste Demirci auf und sprang hoch. „Handel können Sie mir überhaupt nicht nachweisen. Außerdem sind das meine Ersparnisse. Wenn Sie mir was anderes anhängen wollen, müssen Sie das erst mal beweisen!"

„Machen wir es kurz!" fiel Karsten ihm ins Wort, während er ihn vor sich her zum Schrank schob.

„Sie können sich noch ein Päckchen Tabak, was zu Essen und zu Trinken schnappen und dann geht es ab in die Übernachterzelle[51]."

Warnend, mit erhobenem Zeigefinger, fügte er noch hinzu:

„Machen Sie jetzt auf dem Gang Theater, bringen wir Sie in den Arrest. Der Aufwand für uns ist der gleiche.

Ihre Zelle wird gesperrt und gründlich unter die Lupe genommen. Vielleicht haben Sie ja noch mehr „gespart"?"

Demirci machte ein Gesicht, als hätte er in eine Zitrone gebissen. Wortlos suchte er unter der Aufsicht der Bediensteten ein paar Sachen zusammen.

Karsten verließ als letzter die Zelle und schloß sie ab. Demirci schlurfte mit hängendem Kopf, seine Habseligkeiten in der Hand, vor den Beamten her zum Bertha-Flügel.

Vom 1er Ring grölte ein Knacki hoch:

„Mehmed, was wollen denn die Schließer von dir?"

Er reagierte nicht darauf, ging nur mechanisch immer weiter. Nachdem Karsten und Dieter ihn auf Berta 3 in eine Übernachterzelle gesteckt hatten, gingen sie zur Zentrale.

Die anderen Kontrollen waren schon erledigt. Bei Henckler hatten die Kollegen auch ein hübsches Sümmchen Bargeld gefunden. Bei ihm war es in den Socken versteckt. Auch eine Schuldnerliste[52] hatte er noch in der Tasche. Sie las sich wie das „Who is Who" der Knast-Drogenszene. Der Diätkalfaktor Schwarzberg wurde mit Heroin erwischt. Er hatte es, in Folie eingeschweißt, im verstärkten Zwickel seiner Unterhose durch die Gegend getragen.

Die Ausgänger waren jedoch sauber. Hatte einer von ihnen tatsächlich „Stoff" mitgebracht, dann hatte er sicher einen Darmcontainer benutzt, denn beim Eintreffen in der Anstalt waren sie alle gründlich körperlich durchsucht worden. Aber bei keinem von Ihnen wurde etwas Verdächtiges gefunden.

Das bei Schwarzberg gefundene Heroin war wohl nur

ein geringer Teil der Lieferung, denn beim Nachtverschluß schwebten etliche Gefangene auf Wolke 7. Es waren die, die sonst zum Nachtverschluß ständig wegen angeblichem Durchfall, wegen Übelkeit oder wegen Magenkrämpfen Medikamente haben wollten. An diesem Abend waren sie auffallend guter Dinge.

Am Tag darauf mußten die gesperrten Zellen von Demirci, Henkler und Schwarzberg noch gründlich kontrolliert werden.

Der Zentralbeamte drängelte. Er brauchte die Übernachterzellen für Neuzugänge, die schon seit dem frühen Morgen in der Wartezelle der Hauskammer saßen und dort Unruhe stifteten.

Die drei „Übeltäter" sollten so schnell wie möglich zurück in ihre alten Zellen.

Karsten hatte nach einem kurzen Wechsel mit Jürgen Dienst, einem jungen Beamten, der gerade erst mit der Ausbildung fertig war. Die abschließende Laufbahnprüfung war erst vierzehn Tage her. Er war den ersten Tag in der Anstalt und wollte sich voller Elan gleich in die Kontrolle stürzen. Davon hielt Karsten ihn aber ab, denn zuerst mußte das gefundene Geld zur Zahlstelle[53] gebracht werden.

„Was passiert eigentlich mit dem Geld, das ihr gefunden habt?" erkundigte sich der Neue.

„Jetzt", erläuterte ihm Karsten, „ wird es erst einmal auf Demircis Konto eingezahlt. Es ist nämlich nicht beschlagnahmt. Auch wenn Bargeld in der Anstalt verboten ist, wird es als das rechtmäßige Eigentum desjenigen betrachtet, bei dem es gefunden wurde."

„Das stammt doch aber offensichtlich aus Drogenge-schäften, wie ich gehört habe", widersprach Jürgen. „Das muß doch von Rechts wegen beschlagnahmt werden."

Karsten lachte lauthals: „Du wirst hier noch so manches erleben, was dir draußen kaum jemand glauben wird. Du wirst noch staunen, welche Rechte den Banditen hier zu-gestanden werden. Jeder unbescholtene Bürger muß um seine Rechte kämpfen. Für die Knackis aber steht ein ganzer Stab Öffentlich Bediensteter bereit, ihnen ihre Rechte, beziehungsweise das, was dafür gehalten wird, auf einem silbernen Tablett zu servieren.

Demirci behauptet, daß dieses Geld sein ehrlich er-worbenes Eigentum ist. Und die Justiz glaubt ihm. Pech hätte er nur, wenn ein Pfändungsbeschluß gegen ihn vorliegen würde. In dem Fall wäre die Kohle weg, sobald sie auf seinem Eigengeldkonto ankommt. Ansonsten ist es aber gerettet und er bekommt es bei seiner Entlassung als unbestreitbares Eigentum direkt von der Justizkasse ausgezahlt oder überwiesen. Er kann sich davon auch Klamotten oder was immer ihm in den Sinn kommt über einen Versandhandel oder über den Einkauf bestellen. Er muß sich das nur vom Sozialarbeiter genehmigen lassen. Das ist aber kein Problem.

„Das ist doch aber eine Riesensauerei!" entrüstete sich Jürgen.

„Aber leider Tatsache", bedauerte Karsten. „Es kann aber noch viel besser kommen. Das Geld kann auch von einem anderen Ganoven stammen, der es Demirci nur anvertraut hat, weil er seinerseits Pfändungen zu laufen hat oder in Kürze erwartet. Demirci könnte, wenn seine Brücke voll ist nämlich das Geld von seinem Eigengeldkonto nach draußen an beliebige Personen überweisen. Er brauchte dazu lediglich einen Antrag zu stellen."

Jürgen schüttelte nur mit dem Kopf. Es hatte ihm die Sprache verschlagen.

Die Zahlstelle war zum Glück noch leer. Karsten füllte das Einzahlungsformular aus und schob es dem Kassenbeamten zusammen mit dem Geld über den Tresen. Nachdem der das Geld gezählt hatte, gab er Karsten die Durchschrift zurück und die beiden Beamten machten sich auf den Rückweg. Dabei holte sich Jürgen noch schnell ein Stück Kuchen aus der Kantine. Karsten meinte dazu:

„Ich bringe mir mein Frühstück lieber von zu Hause mit. Ich habe nämlich ernsthafte Bedenken, ob da in der Küche alles mit rechten Dingen zugeht. So gut kann keiner auf die Knackis aufpassen, daß sie dir nicht doch mal ins Essen oder in den Kaffee spucken. Wenn du verstehst was ich meine?"

Karstens Ausführungen hatten Jürgen offenbar den Appetit genommen. Er kaute an dem Kuchen herum, als wenn Knochen oder Gräten drin wären.

Die Zellenkontrolle mußte noch länger warten, denn als sie ins Haus kamen, wartete schon ein neuer Auftrag auf sie.

Es hatten sich etliche Gefangene krank gemeldet und wollten zum Arzt[54]. Alles Leute, von denen bekannt war, daß sie mit Drogen zu tun hatten. Die Gefangenen lungerten in einer dicken Traube vor der Gittertür an der Zentrale herum und unterhielten sich lautstark. Karsten und Jürgen lotsten sie zur Arztgeschäftsstelle durch. Als der Trupp in der Wartezelle verschwunden war, wurde es wieder deutlich ruhiger in der Anstalt. Nur die Kalfaktoren sah man vereinzelt auf den Gängen. Jetzt erst war Zeit für die Zellenkontrolle bei Demirci. Karsten ließ Jürgen den Vortritt. Der schloß die Tür auf und prallte zurück, als er hineingehen wollte. Mit vor Ekel verzerrtem Gesicht stieß er hervor:

„Pfui Teufel! ...Das stinkt ja hier entsetzlich. Hat dieses Ferkel hier eine verfaulte Leiche versteckt? Das hält doch kein normaler Mensch aus!"

Karsten meinte achselzuckend:

„Solche Höhlen findest du hier überall. Die hier geht aber. Denn gestern habe ich ja schon das Fenster aufgemacht, als ich das erste Mal hier drin war."

Jürgen konnte sich nicht beruhigen.

„Dagegen muß doch was machen. Kann man auf solche Leute nicht einwirken, daß sie ihren Dreck auch mal wegmachen", forderte er und schob dabei vorsichtig den überquellenden Mülleimer mit dem Fuß an die Wand.

Karsten schüttelte den Kopf und stellte beiläufig fest:

„Wer eigenverantwortlich handeln soll, muß dazu befähigt sein und über ein gewisses Maß an Entscheidungsfreiheit verfügen. Das ist aber bei unseren Knackis meist beides nicht gegeben."

Die Beamten hatten inzwischen die mitgebrachten Latexhandschuhe angezogen, als Karsten fragte:

„Auf welcher Seite willst du anfangen, ... links oder rechts? ...Übrigens den Mülleimer brauchst du nicht so weit wegschieben. Der muß auch kontrolliert werden."

„Wie denn das?" entsetzte sich Jürgen. „Soll ich da etwa in dem Müll und Dreck herumwühlen?"

„Was meinst du, warum solche Kontrollen bei den Beamten so beliebt sind?" amüsierte sich Karsten lachend.

„Die Knackis wissen auch, daß es äußerst eklig ist, in dieser Pampe herumzuwühlen. Die spekulieren doch darauf, daß viele Beamte davor zurückschrecken, einen Mülleimer oder gar ein Klobecken gründlich zu untersuchen. Deshalb sind das ja auch ganz beliebte Verstecke. Manche Banditen lassen ihre Höhlen schon deshalb verwahrlosen und verdrecken, weil sie wissen, daß da freiwillig kein Beamter herangeht.. Außerdem sind wir hier im Knast beim Bodensatz der Gesellschaft angekommen. Die Zahl von Banditen, die sich im Dreck wohl fühlen, ist ziemlich groß. Aber lassen wir das. Sehen wir zu, daß wir diese Scheißkontrolle schnell über die Runden kriegen."

Jürgen konnte sich nicht beruhigen und fing wieder an:

„Irgendwas muß es doch geben, wie man die beeinflussen kann", überlegte er laut, während er anfing einen Berg schmutziger Wäsche aus dem Schrank zu ziehen, um sie Stück für Stück auszuschütteln und abzutasten, bevor er sie ‚Fach für Fach‘ wieder in den Schrank stopfte.

Demircis Zelle gehörte zu denen, die im Sprachgebrauch des Knasts als total verkeimt bezeichnet werden. Das Toilettenbecken war rundum mit angetrocknetem Kot und Resten von benutztem Klopapier verkleistert. Im Trapps schwabberte ein Gemisch aus Essenresten. Asche und Zigarettenkippen. Karsten zeigte darauf und sagte:

„Na, ist das nicht lecker?"

Jürgen schluckte einige Male, räusperte sich und stellte dann fest:

„Zu Mittag essen werde ich heute wohl nichts mehr!"

In dem vor Dreck starrenden Handwaschbecken lagen zwei Milchtüten. Um sie kühl zu halten, hatte Demirci den Wasserhahn halb aufgedreht. Das störende Plätschern des ständig rinnenden Wassers hatte er dadurch unterbunden, daß er einen Waschlappen am Wasserhahn befestigt hatte, über den das Wasser die Tüten lautlos bespülte.

Als Karsten den Hahn zudrehte, fragte Jürgen:

„Wie lange läuft denn das Wasser schon? Das ist doch eine irrsinnige Verschwendung."

„Bestimmt schon so lange, wie die Milch da im Becken liegt", stellte Karsten trocken fest. „So was findest du hier überall. Mit Strom und Heizung wird genauso nobel umgegangen. Man gönnt sich doch sonst nichts. Das Licht brennt Tag und Nacht. Die Knackis lassen Ihre Radios und Fernseher auch laufen, wenn sie überhaupt nicht im Haus sind. Und die Heizung wird im Herbst voll aufgedreht und wenn der Sommer kommt wieder abgestellt. Wird es zu warm, öffnet man das Fenster. So einfach ist das. Den Knackis ist es egal. Kostet ja nicht ihr Geld. Aber die Banditen sind nicht allein schuld an diesen Zuständen. Die Heizungen zum Beispiel lassen sich nur anstellen oder ausstellen. Regulieren ist nicht möglich."

Jürgen war sprachlos: „Und da unternimmt keiner was?" wollte er ungläubig wissen.

„Wer denn?" fragte Karsten zurück. „Hier ist jeder mit seinem eigenen Fortkommen beschäftigt. Da muß alles geräuschlos und nach außen harmonisch laufen. Aufregungen sind da nur schädlich. Außerdem sind die Kassen doch leer. Kannst du jeden Tag in der Zeitung lesen. Das Schlimmste was dir passieren kann ist, wenn du deinen Vorgesetzten Ungelegenheiten bereitest, etwa der Art, daß sie wegen deiner dienstlichen Verrichtungen ihrerseits tätig werden müssen. Zuviel Unruhe in einem

Bereich ist einfach nicht gut. Das könnte bei dem nächst höheren Vorgesetzten den Verdacht aufkommen lassen, daß der jeweilige Mitarbeiter seinen Beritt nicht im Griff hat. Für die angestrebte baldige Beförderung wäre dieser Eindruck fatal.

Beschwert sich wiederum ein Bandit über dich, darfst du Stellungnahmen schreiben bis dir die Finger weh tun und dich bei deinen Vorgesetzten rechtfertigen. Deine Vorgesetzten nehmen dir solche Beschwerden aber auch persönlich übel. Schon deshalb, weil sie sich in ihrer Ruhe gestört fühlen. Du merkst das dann spätestens an deiner Beurteilung. Die zu ziehende Lehre lautet daher:

Nur wer nichts macht, macht nichts verkehrt.

Die meisten Bediensteten haben das erkannt und gehen deshalb den Weg des geringsten Widerstandes oder schalten ganz ab."

Jürgen meinte schließlich leicht irritiert:

„Au, Mann! Du bist aber schon ganz schön abgefressen. Du siehst ja mächtig schwarz."

Karsten konnte sich ein unfrohes höhnisches Lachen nicht verkneifen:

„Als ich vor ein paar Jahren hier im Knast anfing, da habe ich auch vieles, was ich von älteren Beamten gehört habe, für Geschichten gehalten. Ich habe aber feststellen müssen, daß die Wirklichkeit noch viel schwärzer ist. Mach dir einfach ein eigenes Bild. Das hier ist ja schon mal ein sehr schöner Anschauungsunterricht für den Anfang."

Inzwischen hatte sich Karsten bis an den Tisch durchgearbeitet. Auch der war total verdreckt. Essenreste, Zigarettenasche und Zigarettenkippen klebten auf der Tischplatte.

Unter benutztem schmutzigem Geschirr lagen Schreib-papier und Musikkassetten. Die Krönung dieses Stillebens war eine einst weiße Porzellanschale. Sie war bis zum Rand mit verdorbenem Essen gefüllt. Es sah so aus, als wenn das mal Eintopf gewesen war. Karsten betrachtete dieses Gemengsel aufmerksam und stellte dann ironisch fest:

„Das müssen die Grünen Bohnen vom vergangenen Dienstag sein. Allerdings haben sie sich in den letzten neun Tagen ein wenig verändert."

Eine dicke haarige, grünliche Schimmelschicht über-wucherte diesen stinkenden Brei. Karsten konnte es sich nicht verkneifen, Jürgen zu fragen, ob er nicht einen Happen davon haben wolle. Der schüttelte aber nur entsetzt den Kopf. Dann rief er plötzlich:

„Guck mal, was ich hier habe!"

Er hielt ein Springmesser hoch.

„Wo war das denn versteckt?" erkundigte sich Karsten.

„Das war hier in der Matratze."

Jürgen zerrte die Matratze gänzlich aus dem Bettkasten und zeigte Karsten den Einschnitt im Schaumstoff, aus dem er das Messer gezogen hatte.

Aber außer diesem Messer fanden die Beamten nichts weiter. Sie holten Demirci, der jetzt wieder in seine Zelle durfte. Als er aus der Übernachterzelle herauskam, motzte er noch auf dem Gang lautstark los, und verkündete, daß er es ablehnt, weiter als Hausarbeiter zu arbeiten.

„Ihr Geschrei können Sie sich schenken. Das hat sich sowieso erledigt", nahm Karsten ihm gleich den Wind aus den Segeln. „Sie sind als Hausarbeiter nicht mehr tragbar und bereits abgelöst. Schon deshalb, weil Ihre Zelle so verkeimt ist. Ihre Papiere sind schon bei der Arbeitsverwaltung. Eine Hausstrafe[55] kommt auch noch auf Sie zu. Mit dem Umherscheißern in der Anstalt ist jetzt Schluß. Sie bleiben bis auf weiteres hinterm Riegel."

„Mit dieser Strafe, die da kommen soll, wische ich mir den Arsch!" krakeelte Demirci, sich selbst Mut machend.

In seiner Zelle angekommen, warf er sich gleich aufs Bett und drehte Karsten demonstrativ den Rücken zu, während der ihn einschloß.

Über die Hausstrafe konnte Demirci wirklich nur herzhaft lachen. Er wurde mit einem Monat Entzug der Einkaufserlaubnis bestraft. Da er kein Hausgeld mehr zur Verfügung hatte, war diese Strafe für ihn wirklich nur ein Witz. Er hing jetzt während der Versorgungszeiten, in denen auch seine Zelle offen war, nur noch mit anderen Junkies herum. Er war offensichtlich ständig auf der Jagd nach dem nächsten Schuß. Seine Zelle nahm immer mehr den Charakter einer Wohnhöhle an. Er tauschte keine Wäsche mehr, wusch sich nicht und ließ alles stehen und liegen wo es ihm aus der Hand fiel. Bei den anderen Gefangenen von der Station hatte er den Spitznamen „Caveman" verpaßt bekommen.

Um auch den letzten Strahl Tageslicht auszusperren, hatte er das Fenster gleich mit mehreren Schlafdecken zugehängt. Die ständig brennende trübe Glühbirne in seiner Lampenfassung hatte er mit bunten Lumpen umwickelt. Einer Arbeit nachgehen wollte er absolut nicht. Sollte er sich bei dem Werkmeister eines Anstaltsbetriebes zu einem Einstellungsgespräch vorstellen, war das regelmäßig für den diensthabenden Stationsbeamten mit strapaziösen Suchaktionen verbunden. Auf dem Weg zu den Anstaltsbetrieben verschwand Demirci fast regelmäßig. Aufgegriffen wurde er dann meist in anderen Häusern oder in Werkstätten, in denen er nichts zu suchen hatte. Immer hatten seine Ausflüge etwas mit Drogengeschäften zu tun. Nach einiger Zeit wollte ihn kein Werkmeister mehr in seinem Betrieb sehen. Sie wußten inzwischen alle über ihn Bescheid.

Arztbesuche wurden zu seiner Lieblingsbeschäftigung. Kaum ein Tag verging, an dem Demircis Name nicht auf der Liste der Arztgeschäftsstelle stand. Zu den externen Fachärzten, die in die Anstalt kamen, wollte er selbstredend auch zu jedem möglichen Termin. Er beklagte ständig neue Leiden und war besonders darauf bedacht, möglichst viele Tabletten verschrieben zu bekommen[56].

Den Pfarrer besuchte er seit einiger Zeit andauernd und wurde neuerdings fromm. Besonders wenn Feiertage in Sicht waren, steigerte sich seine Frömmigkeit noch um ein Vielfaches, denn zu diesen Anlässen gab es Geschenke und Spenden, die er dann umgehend verhökerte.

Seine Aversion gegen den Sozialarbeiter hatte er abgelegt. Ging er zu dessen Dienstzimmer, versuchte Demirci immer wieder Umwege über andere Stationen zu machen, um kleine Geschäfte abzuwickeln. Jeder Beamte, der eine Gruppe Gefangene irgendwo hin bringen sollte, war schon bedient, wenn Demirci dabei war.

Hatte Demirci bei seinen Wanderungen Erfolg, dann setzte er sich schnellstmöglich einen Druck und lag dann den Rest des Tages in seiner Zelle herum und gab sich seinen Träumen hin. Ließ die Wirkung nach, nahm er seine ruhelosen Wanderungen wieder auf.

Karsten hatte es aufgegeben, ihn beeinflussen zu wollen. Er beobachtete ihn nur noch. Hatte Demirci kein Glück bei seinen Jagdausflügen, dann rannte er wie ein Tiger im Käfig umher, war gereizt und unleidlich. Sein Notanker war dann die Arztgeschäftsstelle oder die Zentrale. Er gab dann vor, starke Zahnschmerzen oder Kopfschmerzen zu haben, um möglichst starke und viele Tabletten zu bekommen. Die stopfte er dann alle auf einmal in sich hinein, um den aufkommenden Entzug abzuschwächen.

Seine lautstark geäußerten Vorsätze, sich von den Drogen zu lösen, hatte er offensichtlich alle über Bord geworfen. Im Dienstzimmer auf der Station ließ er sich nicht mehr sehen.

An einem Sonntag beim Zähleinschluß sprach Karsten ihn auf seine einst geäußerten guten Vorsätze an:

„Denken Sie doch auch mal an Ihre Eltern, an Ihre Familie!" hielt er ihm vor. „Meinen Sie, daß an Ihren Verwandten Ihr Schicksal, ohne Spuren zu hinterlassen, vorbeigeht?"

Während Karsten auf Demirci einredete, lag der auf seinem Bett und starrte die schmutzige Decke seiner Zelle an und tat, als höre er nicht zu. Plötzlich drehte er sich zu Karsten um, langte unter den Tisch und wühlte in einem Wust von Zeitungen herum. Schließlich hatte er gefunden, wonach er suchte und reichte Karsten wortlos einen zerknitterten Brief.

„Da....Lesen Sie!" forderte er ihn auf.

Der Brief war von Demircis Mutter.

H....,den 15. Mai1997

Lieber Mehmed,

Du schreibst, daß Du jetzt ernsthaft Schluß machen willst mit den Drogen. Daß Du das schaffst, ist mein sehnlichster Wunsch. Wie oft hast Du uns das aber schon versprochen? Immer wieder hast Du uns etwas vorgemacht und uns getäuscht. Deine Versprechen hast Du noch nicht einmal so lange gehalten, bis wir Dich ausgelöst und Deine Schulden bezahlt hatten. Die Kredite, die wir dafür aufnehmen mußten, werden uns noch über Jahre belasten.

Ich bin bisher immer für Dich eingetreten. Auch Papa, Leyla und Oma haben stets alles ihnen Mögliche getan, um Dir immer wieder aus der Patsche zu helfen. Oma würde so gerne noch erleben, daß Du in die Familie zurückkehrst.

Wir können einfach nicht mehr; unsere Kräfte sind am Ende.

Mehmed, versuch uns bitte zu verstehen. Unsere Liebe für Dich und unsere Gefühle haben sich nicht geändert. Den Weg weg von den Drogen mußt Du aber allein gehen. Wir haben erkannt, daß wir ihn Dir nicht abnehmen können. Wenn Du den festen Willen hast, wirst Du es auch durchstehen. Wir wünschen Dir und uns nichts sehnlicher.

Nimm alle Kraft zusammen und mach Dich frei von den Drogen, dann kannst Du wieder auf uns rechnen.

Ich bete, daß Du es schaffen wirst.

Deine dich liebende Mutter

Als Karsten ihm den Brief zurückgab meinte Demirci: „Sehen Sie Meister! Ich stehe völlig allein da. Noch nicht mal meine Familie hilft mir mehr. Die lassen mich einfach hängen."

Karsten legte den Brief zurück auf den Tisch. Er hatte den Brief ganz anders verstanden. Mit Demirci darüber zu diskutieren hatte aber wohl keinen Sinn, so wie der vor Selbstmitleid zerfloß. Er schlug deshalb vor:

„Wissen Sie, wir sollten uns darüber ein anderes Mal unterhalten, wenn ich mehr Zeit habe, denn ich muß jetzt auf den Turm!"

„Meinetwegen", murmelte Demirci leise und schon wieder abwesend vor sich hin. Er hatte sich wieder auf sein Bett zurückfallen lassen, die Arme unter dem Kopf verschränkt und die Augen geschlossen.

Demircis Zelle war die letzte auf der Station, die Karsten verschloß. Nach der Meldung an die Zentrale ging er eilig über Cäsar 1, um einen Kollegen vom Berta-Flügel auf dem Turm abzulösen. Laut hallten seine Schritte durch das stille Haus. In den links und rechts vor den Zellen entlanglaufenden und mit Stahlplatten abgedeckten Versorgungsschächten zirpten die Grillen, die, wie in jedem Sommer, durch die Gittertüren an den Kopfseiten hereingekommen waren. Selbst im Winter verstummte ihr Konzert nicht. Die Geräuschkulisse, die schmuziggelben Wände und das nur gedämpft einfallende Tageslicht schufen in diesem untersten Bereich des Flügels eine seltsame unwirkliche Atmosphäre. Karsten trat aus der Tür heraus und war er kurze Zeit vom gleißenden Sonnenlicht geblendet. Als sich seine Augen an den strahlenden Sonnenschein gewöhnt hatten, sah er, daß der Schlüssel

zur Turmtür schon unten hing. Nachdem er den Wacht-
turm betreten und die Beleuchtung eingeschaltet hatte,
verschloß er die Tür von innen und krabbelte die eiserne
Wendeltreppe hoch zur Plattform.

Die Dienstübergabe war schnell mit wenigen Worten
erledigt. Karsten nahm kurz das Gewehr hoch, sah prü-
fend durch das Zielfernrohr, zählte die Patronen nach und
stellte es dann wieder weg. Als der abgelöste Beamte im
Haus verschwunden war, machte er es sich auf dem Dreh-
stuhl bequem. Die Sonne brannte unbarmherzig auf das
Flachdach des Turmes und machten ihn zum Backofen.

Die zwei Stunden Turmdienst waren wieder wie
Gummi. Die Zeit wollte einfach nicht vergehen. Karsten
vertrieb sich die Zeit erst einmal damit, daß er sich mit
den Beamten auf den anderen Wachttürmen über Funk
unterhielt. Als der Gesprächsstoff zur Neige ging, wan-
derte er auf dem Turm hin und her, um die bei dieser
Hitze aufkommende Müdigkeit zu unterdrücken. Dabei
ging ihm so manches durch den Kopf. Da sollte er doch
vor vierzehn Tagen zum Anstaltsleiter kommen, weil seine
Beurteilung fällig war.

„Kollege Wedau", hatte der Zentralbeamte zu ihm gesagt. „Du sollst mal gleich zum Chef runterkommen."

Wenn Karsten an diesen Tag dachte, kam ihm gleich
wieder die Galle hoch. Vom Anstaltsleiter war er gefragt
worden, wie er sich denn selbst einschätzen würde. Er
hatte darauf geantwortet, daß er der Meinung sei, bislang
ein „Gut" in der Beurteilung verdient zu haben, denn er
habe noch nichts Negatives über sich von seinen Vorgesetzten gehört. Daraufhin hatte der Anstaltsleiter den
Kopf geschüttelt und gemeint:

„Vom Vollzugsdienstleiter, also Ihrem direkten Vorgesetzten, ist mir mitgeteilt worden, daß er Sie bestenfalls mit „knapp befriedigend" beurteilt, weil von Ihnen keine Dienstlichen Meldungen geschrieben werden und er daher der Meinung ist, daß Sie ihren Dienst nicht ordentlich versehen."

Karsten verschlug es erst einmal die Sprache. Als er sich wieder gefaßt hatte, stellte er klar:

„Das ist ja nun wirklich ein ganz dicker Hund, was der gute Mann sich da aus den Fingern gesaugt hat! Das sind doch Geschichten aus Münchhausen!"

Der Anstaltsleiter meinte daraufhin pikiert, daß er sich gut überlegen solle, einen Vorgesetzten der Lüge zu bezichtigen. Karsten beharrte aber darauf und erklärte, daß er seine Aussage auch beweisen könne, weil er von allen Dienstlichen Meldungen die er geschrieben hatte die Durchschriften noch vorweisen könne.

Am nächsten Tag hatte er dann dem Anstaltsleiter diese Durchschriften vorgelegt. Dabei stellte der Anstaltsleiter fest, daß Karsten im Beurteilungszeitraum sogar mehr Meldungen geschrieben hatte, als die meisten anderen Beamten der Teilanstalt. Die Note seiner Beurteilung wurde daraufhin, mit säuerlichem Gesicht, aber großer Geste, in „Voll Befriedigend" abgeändert. Vorher war der VDL noch zum Anstaltsleiter bestellt worden. Karsten hatte ihn anschließend mit hochrotem Kopf aus dessen Büro wieder herauskommen sehen. Wahrscheinlich hatte er vom Anstaltsleiter was zu hören gekriegt, weil er den hatte schlecht aussehen lassen. Karsten war sich sicher, daß er in dem Vollzugsdienstleiter einen Freund fürs Leben gefunden hatte. Wie sich der VDL seine Meinung gebildet hatte, konnte er sich auch gut vorstellen. An der Zentrale und in seinem Büro traf sich immer die gleiche Schwafelrunde. Ständig mit dabei war Hartmut. Es wurde über alles und jeden getratscht. Karsten konnte sich ausmalen, daß auch er da beredet worden war, zumal er sich von diesem Kreis ferngehalten hatte, weil ihm diese kleinen Geister auf den Nerv gingen. Von dieser Runde wurden auch gern mal neue Kollegen oder die Praktikanten, die für ein paar Wochen im Haus waren, „abgeklopft", wie dieses Spiel genannt wurde. Eine solche Aktion hatte er mal miterlebt.

Auf Dora 2 war ein Gefangener, von dem bekannt war, daß er nicht richtig tickte, zur Beobachtung untergebracht, weil er mit Selbstmord gedroht hatte. In unregelmäßigen Abständen mußte deshalb nachgesehen werden, ob er noch lebte und sich nichts angetan hatte.

Wenn dieser Gefangene merkte, daß sich an der Tür etwas rührte oder jemand durch den Spion sah, riß er sich seine Hose runter und begann, zur Tür gewandt, wie wild zu onanieren. Eine Praktikantin, die den ersten Tag in der Anstalt war, wurde zu dieser Zelle geschickt, mit dem Bemerken:

„Kollegin, geh doch mal zur Dora 211 und guck durch den Spion, ob mit dem Knacki da drin alles in Ordnung ist?"

Die ganze Kungeltruppe wartete dann gespannt darauf, wie die junge Frau wohl reagieren würde.

Als die Praktikantin sichtlich irritiert und mit hochrotem Kopf zurückkam, war es Hartmut der hämisch grinsend fragte:

„Na, lebt er noch?"

Etwa eine halbe Stunde vor der Ablösung wurde Karsten durch einen Alarm unsanft aus seinen Gedanken gerissen.

An der Fahrzeugschleuse auf dem Hof war ein Sicherungsposten[57] aufgezogen. Dann hörte er die Feuerwehrsirene. Und kurz danach sah er auch schon einen NAW[58], gefolgt von einem Rettungswagen mit Blaulicht angebraust kommen. Beide Fahrzeuge jagten durch die geöffnete Fahrzeugschleuse und fuhren ohne zu halten gleich weiter ins Anstaltsinnere. Zu welchem Zellentrakt sie unterwegs waren, konnte er von seinem Turm aus nicht sehen. Nach ungefähr 20 Minuten fuhren dann beide Fahrzeuge wieder weg, aber ohne Blaulicht.

Endlich kam seine Ablösung.

„Da hast du aber Schwein gehabt, daß du auf dem Turm warst! Brauchst keine Meldung zu schreiben", begrüßte ihn der Kollege, vom Hochklettern der Wendeltreppe noch außer Atem.

„Wieso denn das?" erkundigte sich Karsten. „Was war denn los?"

„Einer von den Giftis auf deiner Station hat den Löffel abgegeben, hat sich einen „Goldenen Schuß" gesetzt", teilte ihm sein Kollege mit.

„Wer denn? ... Sag bloß der Demirci?" erkundigte sich Karsten entsetzt.

„Weiß ich nicht. Diese Türkennamen kann ich mir nicht merken. Die hören sich für mich alle gleich an. Soll aber so ein junger Spund sein", erklärte der Kollege achselzuckend, während er das Gewehr lud und vom Zielfernrohr mit dem Daumen ein imaginäres Staubkorn wegwischte.

„Die Kripo ist auch schon da!" rief er Karsten noch hinterher, als der schon eilig die eisernen Stufen nach unten polterte.

Karstens Vermutung war richtig. ... Es war Demirci.

Dieter hatte in den letzten zwei Stunden Dienst auf der Station gehabt. Er hatte Demirci auch gefunden und war jetzt noch völlig durcheinander, als er Karsten erzählte, was passiert war:

„Von Demirci lag noch ein Vormelder[59] im Dienstzimmer. Den hatte er aber nicht unterschrieben", begann er.

„Damit bin ich noch mal zu ihm hin, daß er schnell noch unterschreibt, weil ich den Papierkram bis zum Feierabend erledigt haben wollte. Ich habe erst gedacht der pennt, als ich in die Zelle kam, weil er so ruhig auf dem Bett lag. Als ich dann keine Antwort kriegte, habe ich die Lumpen von der Lampe weggenommen. Da habe ich erst gesehen was los war. Die Spritze hing noch in seinem linken Arm", beschrieb er die Situation. „Um seinen Oberarm hatte er seinen Gürtel geschlungen, wohl zum Abbinden. ..."

Fassungslos schüttelte er den Kopf und meinte dann:

„Das muß ihn umgehauen haben wie ein Blitzschlag, so wie der dalag." ... „Der kannte sich doch aber mit dem Zeug aus", fügte er nach einer kurzen Pause noch hinzu.

„Kann schon sein!" sagte Karsten erschüttert, und meinte dann:

„Jedenfalls haben die Gebete und die guten Wünsche seiner Mutter nichts genützt."

Dieter sah ihn verständnislos an und wollte dann wissen:

„Wie kommst du denn darauf?"

„Erkläre ich dir Morgen!" murmelte Karsten nachdenklich. „Für heute ist erst mal Schluß. Einverstanden? ... Ich habe jetzt ganz einfach die Schnauze gestrichen voll."

Als Karsten am nächsten Tag wieder im Dienst mit Dieter zusammentraf, stellte der bei der Begrüßung fest:

„Du siehst aber ganz schön mitgenommen aus!"

„Sonderlich wohl fühle ich mich auch nicht", gab Karsten ihm recht und atmete hörbar durch, bevor er niedergeschlagen weitersprach:

„Wie soll man hier aber auch Lebensfreude versprühen, wenn man jeden Tag feststellen muß, daß man nur eine Feigenblattfunktion hat. Der Knast ist doch der Offenbarungseid der Gesellschaft. Nach außen hin wird heile Welt gespielt. ... Aber heil ist hier nichts!

Wenn ich zynisch wäre, würde ich behaupten, daß das hier eine Humanmüll-Deponie ist. Zu resozialisieren gibt es hier nichts. Derartige Bemühungen kommen viel zu spät. Wir können doch schon dann von einem erfolgreichen Tag sprechen, wenn es mal keine Keilereien und keine Verletzten oder Toten gibt."

„Mann, du bist aber heute gut drauf", stellte Dieter sichtlich beeindruckt fest und erkundigte sich dann weiter:

„Hat dein Tief etwa was mit dem Abflug von dem Junkie gestern zu tun? ... Das mußt du dir nicht so zu Herzen nehmen. Vielleicht hat der sogar das bessere Ende erwischt, so wie der am Stoff war.... Aber sag mal", meinte er nach einer kurzen Pause. „Mir fällt gerade ein, du wolltest mir doch noch was erzählen?"

Karsten hatte sich inzwischen an den Schreibtisch gesetzt und stützte sich mit beiden Ellbogen auf der Schreibplatte ab. Gedankenverloren sah er die Wand an und meinte dann resigniert:

„Mir geht die ganze Sache nicht aus dem Kopf. Weißt du was ich inzwischen glaube? ... Hier hat keiner eine Chance, weder vor dem Gitter noch dahinter."

[1] In der Hauskammer werden die privaten Gegenstände der Gefangenen bis zu ihrer Entlassung verwahrt. Hier werden sie auch mit allen Gegenständen ausgerüstet, die ihnen für die Zeit ihrer Inhaftierung zur Verfügung gestellt werden.

[2] Der A-Bogen ist ein Verwaltungsformular, auf dem persönliche Daten des Gefangenen vermerkt sind. Aufgelistet sind auch alle Vorstrafen, soweit sie bekannt sind.

[3] Im Hausbüro wird die Akte des Gefangenen geführt und ständig aktualisiert.

[4] Der Kalfaktor oder Hausarbeiter, ist ein Gefangener, der die Station zu reinigen hat und das Essen ausgibt. Angestrebt ist, möglichst vertrauenswürdige Inhaftierte mit solchen Arbeiten zu betrauen. Das ist bei der Klientel einer Haftanstalt allerdings mehr Wunsch als Wirklichkeit.

[5] Die Bezeichnung Meister ist die übliche Anrede für Justizvollzugsbeamte durch Gefangene in deutschen Haftanstalten.

[6] Die umlaufenden Gänge, in alten Haftanstalten pennsylvanischer Bauart, werden Galerie genannt.

[7] Die Gefangenen gehen selbständig zur Arbeit und kommen ebenso zum Mittagessen und nach Feierabend in die Teilanstalten zurück.

[8] Auf jeder Station gibt es einen solchen Raum. In ihm befinden sich ein Herd, ein Warmwasserspeicher, Wirtschaftsschränke, eine Spüle und ein Kühlschrank für die Gefangenen der Station.

[9] Der Stern ist der Mittelpunkt eines pennsylvanischen Gefängnisbaus(Gefängnisse dieser Bauart wurden erstmals in Pennsylvania/USA Mitte des 19. Jahrhunderts

errichtet). Von ihm gehen die Flügel(Zellenhäuser) strahlenförmig, einen Stern bildend ab.

[10] In der Zentrale laufen die Meldungen von den Stationen auf. Von hier werden die Aufgaben für Turmdienste, Begleitung zum Arzt etc. koordiniert. Bei Alarm ist das der Sammelpunkt für die Beamten.

[11] Mittags, am Nachmittag und am Abend werden die Gefangenen gezählt und es wird überprüft, ob jeder Gefangene in der ihm zugewiesenen Zelle ist. Zur Durchführung dieser Kontrollen werden die Gefangenen unter Verschluß genommen.

[12] Den Gefangenen ist es gestattet, die Zellentüren mit einer leichten Schnur o.ä. von innen festzumachen, etwa wenn sie während der allgemeinen Aufschlußzeiten die Toilette benutzen wollen. Das Verschließen der Türen mit Ketten oder Haken ist dagegen verboten. Das Öffnen der Türen muß jederzeit möglich sein.

[13] In den Haftanstalten ist das die übliche Portionsgröße für einen „Schuß" Heroin.

[14] In der Knastsprache ist das die übliche Bezeichnung für den Gruppenleiter, der von seiner Ausbildung her oftmals Sozialarbeiter ist, manchmal aber auch Verwaltungsbeamter.

[15] Bei dem sogenannten Versorgungsaufschluß werden auch die Zellen der nichtarbeitenden Gefangenen bis nach Abschluß der Versorgung geöffnet. Ausgenommen sind nur die Gefangenen, über die als Disziplinarstrafe ein zeitweiliger Einschluß verhängt wurde.

[16] Der Enddarm ist ein besonders beliebtes Versteck für Geld, Heroin und anderes. Als Behälter(Container) haben sich die Plastikeinsätze der Überraschungseier als beson-

ders geeignet erwiesen. Der Handel in den Haftanstalten mit Heroin und anderem läuft arbeitsteilig. Einer bahnt das Geschäft an, einer kassiert und ein anderer liefert. Die Lieferung erfolgt nur nach Vorkasse. Die lebenden Container(Gefangene, die mit dem Heroin oder anderen Drogen im Enddarm in der JVA unterwegs sind) erhalten Order wann, an wen und wieviel sie zu liefern haben. Die Containerträger sind meist selbst abhängig und werden für ihre Dienstleistung mit Drogen bezahlt. Sie sind aber immer in der Versuchung sich selbst zu bedienen. Lassen sie sich dazu hinreißen, bekommen sie riesige Probleme mit ihren Paten.

[17] Der Inkassodienst in den Haftanstalten arbeitet prompt und ohne richterliche Ermächtigung. Er wird von besonders kräftigen und keinesfalls zimperlichen Gefangenen ausgeübt. Ähnlich wie in der Welt außerhalb von Gefängnismauern, wird der Erfolg mit einer Provision belohnt.

[18] An der Art wie eine Zellentür verschlossen ist, kann der Beamte erkennen, ob ein Gefangener in der Zelle ist oder nicht. Die Schlösser an den Zellentüren haben eine nach oben weisende Metallnase. Ist das Schloß offen, steht diese Nase etwa einen Zentimeter nach oben aus dem Schloßkasten heraus. Ist einmal geschlossen, sind es noch ca. 5 mm und hat man zweimal geschlossen, ist diese Nase im Schloßkasten verschwunden.

[19] Hier werden zentral alle Akten über die Inhaftierten geführt.

[20] Waffen sind in den Anstalten nur auf den Wachttürmen und an den Toren. Sind Ausführungen angeordnet, zum Arzt, zu Behörden o.ä., dann kann verfügt werden, daß

die begleitenden Beamten bewaffnet sein müssen. Diese Waffen werden dann gegen Quittung ausgegeben.

[21] In dieser Fahrzeugschleuse sollen einfahrende Fahrzeuge kontrolliert werden. Die Tore sind aus Sicherheitsgründen nicht gleichzeitig zu öffnen, um Ausbruchs-oder Befreiungsversuche zu erschweren.

[22] In größeren Haftanstalten gibt es meist mehrere Teilanstalten, die durchnummeriert sind. Die Nummer gibt also eine Teilanstalt an.

[23] Dieser Begriff aus dem Rotwelschen wird gebraucht im Sinne von verscheuchen, verjagen, verstören, verraten.

[24] Begriff aus dem Rotwelschen: Er bezeichnet einen Auskundschafter, Angeber, Anführer bei einem Diebesunternehmen.

[25] Wenn alle Hausarbeiterstellen besetzt sind, es sich aber als nötig oder sinnvoll erweist, werden Gefangene zu Hausarbeiterhelfern gemacht und wie Hausarbeiter behandelt.

[26] Für jeden Strafgefangenen wird ein sogenannter Vollzugsplan aufgestellt. Das Ziel (Vollzugsziel) ist, ihn nach der Entlassung zu einem straffreien Leben zu befähigen.

[27] Eine Vielzahl von Strafgefangenen ist jeden Tag außerhalb der Mauern des geschlossenen Vollzuges. Die Insassen des offenen Vollzuges sind in anderen Anstalten untergebracht.

[28] Um seine Zelle vor unbefugtem Betreten zu sichern, hat in den alten Zellenhäusern jeder Gefangene ein Vorhängeschloß, mit dem er den Schieberiegel an der Tür sichern kann, so daß andere Gefangene während seiner Abwesenheit die Zelle nicht betreten können. In den neu gebauten Haftanstalten ist der Türriegel serienmäßig mit einem

Sicherheitsschloß ausgestattet, für welches der in der Zelle untergebrachte Gefangene einen Schlüssel erhält.

[29] Gemeint sind Päckchen Tabak

[30] Löslicher Kaffee in Gläsern wird im Jargon als Bombe oder Kaffee-Bombe bezeichnet.

[31] Pumpen oder borgen ist in einer Strafanstalt eine ganz gefährliche Sache, weil der Zins wahnsinnig hoch ist. Die Frist bemißt sich meist im Vierwochenrhytmus, so wie auch der Gefangeneneinkauf erfolgt. Hat man wie im Beispiel zwei Päckchen geborgt, muß man nach vier Wochen drei zurückgeben. Kommt man in Verzug, wird man noch mit einer Strafzahlung belegt. Schulden werden in jedem Fall erbarmungslos eingetrieben.

[32] Wenn Gefangene in ihrer Zelle oder in einem anderen Raum eingeschlossen sind, sagt man sie sind hinter dem Riegel.

[33] Dieser Ausdruck bedeutet, daß jemand dabei ist, alles was in seine Reichweite kommt kaputt zu schlagen. Wahrscheinlich kommt dieser Begriff aus der Schuhmacherei, die auch heute noch in den Strafanstalten zu Hause ist. Das Leder wird dort „über den Leisten geschlagen".

[34] Ein Kuhfuß ist ein besonders robustes Brecheisen mit einer abgewinkelten spitzen Klaue an einem Ende.

[35] Im Arrest müssen Gefangene Anstaltskleidung tragen (blaue Arbeitskleidung). Ansonsten ist den Gefangenen freigestellt, wie sie sich kleiden. Die meisten Inhaftierten tragen in der Anstalt private Kleidung.

[36] Dieser Ausdruck bedeutet im Knastjargon, daß jemand als laufendes Lager für einen Dealer arbeitet und im End-

darm versteckt, Drogen, Geld o.ä. transportiert und an vorgegebene Kunden liefert.

[37] Handeln, Verkaufen

[38] In den JVA's werden täglich große Mengen an Lebensmitteln aus den Fenstern geworfen. Besonders Saatkrähen, Elstern, Tauben und Stockenten haben sich auf diese Futterbasis eingestellt. Man kann in den Anstalten beobachten, wie geschickt beispielsweise Saatkrähen es anstellen um Plastikbecher mit Fleischsalat zu öffnen. Sie fliegen mit diesen verschlossenen Verpackungen zu versiegelten Flächen in der Anstalt und lassen ihre Beute aus möglichst großer Höhe so oft fallen, bis sie aufplatzen.

[39] Haschisch unterscheidet sich nach seiner Herkunft in Aussehen, Form und Farbe und nach THC-Gehalt (Tetrahydrocannabinol). Es wird nach seiner Herkunft benannt: z.B. RoterLibanese, Schwarzer Afghane, Grüner Türke usw.

[40] Im internen mündlichen Sprachgebrauch werden die Gefangenen als Banditen, Knackis, Verbrecher, abgeurteilte Straftäter bezeichnet, in Anstalten mit therapeutischem Schwerpunkt aber auch als Klienten oder Probanden.

[41] Sitzt ein Gefangener im Arrest, bedeutet das für den Stationsbeamten erhebliche zusätzliche Arbeit. Die Mahlzeiten müssen dem Gefangenen extra gebracht werden. Die Verpflegung muß der Beamte aus der Diätküche holen und wegen der Sicherheitsvorschriften in Begleitung eines zweiten Beamten zu dem Gefangenen bringen. Die Einnahme der Mahlzeiten erfolgt unter Aufsicht im Vorraum der Arrestzelle. Der Gefangene darf weder Lebensmittel noch Besteck oder Geschirr oder Rauchutensilien in die

Arrestzelle mitnehmen. Andere Gefangene dürfen den Arrestbereich nicht betreten.

[42] Heroin und andere Drogen werden manchmal so stark mit Backpulver u.a. gestreckt, daß die erhoffte Wirkung nicht mehr eintritt. Im umgekehrten Fall besteht aber eine tödliche Gefahr, wenn die Droge zu rein ist (goldener Schuß).

[43] Eingehende Briefe und andere Postsendungen müssen von den Stationsbeamten auf verbotene Einlagen kontrolliert werden.

[44] Erhält ein Gefangener Besuch, wird das umgangssprachlich Sprecher genannt.

[45] Einmal in der Woche dürfen Gefangene ein Ortsgespräch führen. Ferngespräche müssen über den Gruppenleiter beantragt werden. Manchmal können Ferngespräche auch vom Büro des Pfarrers geführt werden. In vielen Haftanstalten sind mittlerweilen Kartentelefone eingerichtet. Die Gefangenen können Telefonkarten erwerben und damit telefonieren.

[46] Kalfaktoren gibt es für spezielle Tätigkeiten. Der Möbelkalfaktor hat für die Reparatur des Zellenmobilars zu sorgen und für dessen Ersatz. Der Diätkalfaktor holt aus der Anstaltsküche das Essen für das gesamte Haus und verteilt es. Solche Kalfaktorenstellen sind bei den Gefangenen begehrt, weil sie ein großes Maß an Bewegungsfreiheit innerhalb der Anstalt beinhalten. Gefangene, die mit solchen Tätigkeiten betraut werden, sollen besonders vertrauenswürdig sein.

[47] Im Knastjargon ist das eine Umschreibung für weitergeben.

[48] In den Haftanstalten konkurrieren meist mehrere

Händlerringe miteinander. Sie versuchen sich gegenseitig mit Gewalt und durch Denunziation aus dem Geschäft zu drängen.

[49] Das ist die blaue Latzhose, die Teil der Anstaltskleidung ist.

[50] Die Latexhandschuhe sollen vor Infektionen schützen. Gegen verschmutzte Spritzen und Rasierklingen, die von den Inhaftierten an allen möglichen Stellen versteckt oder, um zu verletzen, angebracht werden, bieten sie allerdings keinen Schutz.

[51] Das ist eine eingerichtete Zelle die bereitgehalten wird für notwendig gewordene schnelle Verlegungen oder für Gefangene, deren Zelle durchsucht werden soll.

[52] Geldverleiher oder Verleiher von Waren führen über ihre Schuldner Buch. Diese Schuldnerlisten werden wie Wechsel gehandelt.

[53] Hier werden für die Gefangenen die Konten geführt. Hausgeldkonto, Eigengeldkonto und Überbrückungsgeldkonto

[54] Gefangene die zum Anstaltsarzt wollen, sagen dies dem Stationsbeamten. Sie gehen dann nicht zur Arbeit und wenn Arztsprechstunde ist, werden diese Gefangenen ausgeschlossen und zur Arztgeschäftsstelle gebracht. Sie sollen in dem dort vorhandenen Warteraum eingeschlossen werden.

[55] Hausstrafen sind Disziplinarstrafen, die vom Anstaltsleiter oder dem Leiter einer Teilanstalt verhängt werden. Ausgesprochen werden: Entzug der Einkaufserlaubnis, Verbot der Teilnahme an Sportveranstaltungen, Freizeitsperre, d.h. Einschluß während der allgemeinen Aufschlußzeiten u.ä.

[56] Manche Gefangene sind beim Sammeln von Tabletten so erfolgreich, daß sie Bonbongläser voller Tabletten zu stehen haben. In ihrer Buntheit kann man sie sogar dafür halten.

[57] Um Krankenfahrzeuge und die Feuerwehr zügig durchfahren zu lassen, ist es möglich die Tore der Fahrzeugschleusen gleichzeitig zu öffnen. Im Innenhof dürfen sich dann keine Gefangenen aufhalten. Außerdem werden Sicherungsposten aufgestellt.

[58] Notarztwagen

[59] Es handelt sich hierbei um ein universelles Antragsformular, auf dem der Gefangene seine Anliegen formuliert und bei der Anstaltsleitung zur Genehmigung einreicht.